裏火盗裁き帳

七

吉田雄亮

コスミック・時代文庫

この作品は二〇〇七年四月に刊行された『裏火盗罪科帖（七）火怨裁き』（光文社時代小説文庫）を改題し、大幅に加筆修正を加えたものです。

目次

第一章　回《かい》　禄《ろく》

一

風が、ない。
野良犬の息づかいひとつ、聞こえない。
静寂が、あたりに沈殿していた。
突如——。
闇を焦がして、紅蓮《ぐれん》の炎が立ち上った。
足を止め、赤黒く染まった空を見あげたふたつの影があった。
臥煙《がえん》に向かって、走りだす。
その行く手を遮るかのように、気を切り裂いて鈍色《にびいろ》の光体が飛来した。
人影のひとつから、一筋の閃光《せんこう》が迸《ほとばし》った。

鋼鉄の弾《はじ》けあう音が響く。凄《すさ》まじいまでの火花が飛び散った。

わずかに切れた群雲《むらくも》の後ろから顔を出した月が、人影を照らし出した。おぼろな明かりに浮かびあがったその顔は、結城蔵人《ゆうきくらんど》のものに相違なかった。

抜きはなった愛刀胴田貫《どうだぬき》を右手に、視線を斜め上に向けて走っていく。視線の先は、建ちならぶ二階屋の、屋根上に据えられていた。

屋根を、黒装束を身にまとった賊が身軽に疾駆していく。わずかに遅れて、蔵人が通りを駆けていった。

蔵人がいたとおもわれる場所《ところ》に、一本の手裏剣が突き立っていた。胴田貫が叩き落としたものであった。

黒装束が動きを止めた。蔵人も足を止め、八双《はっそう》に身構えた。

睨《にら》み合う。

緊迫が漲《みなぎ》った。

蔵人の背後で鋼《はがね》をぶつけ合う鈍い音があがった。視線を走らせる。目線の端が、数人の黒装束と切り結ぶ神尾十四郎《かみおじゅうしろう》をとらえた。

「しまった。引き離された。罠《わな》にはまったか」

生じた隙を黒装束は逃さなかった。つづけざまに手裏剣が投じられた。

胴田貫で叩き落としながら、横に跳んで天水桶《てんすいおけ》の蔭《かげ》に身を隠した。屋根上を見あげる。そこに黒装束の姿はなかった。

眼を凝《こ》らした蔵人の背後、町家の蔭から黒装束が斬りかかった。身を沈め、前方に転がって逃れる。その頭上、天水桶近くの屋根から別の黒装束が刃先を下に向けて飛び降り、突きかかった。横転した蔵人の傍《かたわ》らに切っ先が突き立った。跳ね起きざまに振るった一刀が、さらに突きかかった黒装束の脇腹を切り裂いていた。

低く呻《うめ》いて、前屈《まえかが》みに倒れこんだ黒装束の傍らに身を沈め、右下段に胴田貫を置いた蔵人がいた。

前方に、手裏剣を手にした黒装束が身構えていた。屋根上を疾駆した黒装束であった。

斜め後ろから、もうひとりの黒装束が八双の構えで迫った。町家の蔭から不意をついて襲いかかった黒装束だった。蔵人は気を凝らした。斜め後方の敵の気配を探る。眼の端で動きを見極めるわけにはいかなかった。前方の黒装束は構えからみて、かなりの手練《てだ》れとおもえた。

斜め後方の敵はぴくりとも動かない。前方の黒装束も攻撃を仕掛けてこようとはしなかった。蔵人も、敵の出方を待つ、と決めていた。

(斬りかかれば、怪我をすることになる)

いや、怪我ですめばよい。下手をすれば命を失うことにもなりかねない相手であった。

まさしく、釘付け、だった。

睨み合いがつづいた。

火の手は、さらに勢いを増していた。炎の発する轟音《ごうおん》が、耳に飛び込んでくる。

蔵人になす術《すべ》はなかった。

(おそらく十四郎も、似たような有様であろう)

不思議なのは、黒装束たちが攻撃を仕掛けてこないことだった。

(端《はな》から、足止めすることが狙いだったのかもしれぬ)

蔵人は、そうおもいはじめていた。

盗みの邪魔をさせぬための動き、と蔵人は判じた。

身動きできぬまま、時だけが流れていく。蔵人のなかで、歯がゆさと情けなさが交錯し、乱れた。

おそらく、いま、このとき、炎上する町家のなかで、盗《ぬす》っ人《と》一味の悪行三昧《ざんまい》が繰り広げられているのだ。

盗っ人のお頭《かしら》は、赤猫《あかねこ》の捨蔵《すてぞう》、という名の凶賊の筈《はず》であった。火付けを意味する隠語である「赤猫」を名乗るだけあって、押し込むや、居合わせた主人の家族、奉公人を皆殺しにして金品を盗み取り、火を放って引き上げる。まさしく畜生盗みに輪を掛けたやり口だった。

その赤猫の捨蔵一味が、この十日の間に二軒もの商家に押し込んでいた。凶行を誇示するかのように、商家の前の通りに拳大《こぶしだい》の石を重しがわりに、墨跡太く『赤猫』と二文字記した紙を残していた。

奉公人のひとりでも助けてやりたい、との衝動にかられた。が、この場を無事に切り抜けられるとの自信はなかった。

黒装束たちは驚くほどの身軽さだった。伝え聞いた、戦国の世の忍者たちを彷彿《ほうふつ》させる動きだった。

江戸幕府が開府されて、すでに百八十年余の年月が過ぎ去っている。忍びの技を日々錬磨している者など、いるとは思えなかった。

（いままで出会ったことのない武術）

忍びの技など見たこともない蔵人であった。もちろん、戦ったことなどあろうはずがない。

敵の出方の予測がつかなかった。

必然、敵の動きを待つしか、戦う手立てをおもいつかなかった。

蔵人は前後の黒装束の動きに、すべての気を注ぎこんだ。

対峙《たいじ》したまま、小半刻《こはんとき》（三十分）ほど時が流れた。

草笛に似た音が響き渡った。

もの悲しさを秘めた、哀切の念を沸々とさせる、およそ斬り合いの場にはふさわしくない音色であった。

長く尾を引く笛の音が合図だったのか、黒装束たちが、後退《あとずさ》りして遠ざかっていく。手裏剣を投じようと身構えたその姿には、わずかの隙もなかった。背後の敵が、蔵人が倒した、屋根上から仕掛けてきた黒装束を抱き起こし、肩に担ぎ上げた様子が気配で察せられた。あきらかに隙が生じていた。が、蔵人は攻撃を仕掛けることができなかった。前方の敵から発せられる殺気が、動くことを躊躇《ちゆうちよ》させた。

蔵人は右八双に構えなおした。退《ひ》くとみせて油断をさせ、隙をみて襲いかかってくるかもしれぬ。そう判じたための動きであった。

が、黒装束たちが仕掛けてくることはなかった。かわりに、音高く駆け寄る足音があった。

十四郎だった。右手に抜きはなった大刀を下げている。

「御頭、ご無事で」

「何事もない。十四郎こそ怪我はないか」

「睨み合っただけで。挟み撃ちされ、身動きできませんでした」

「おれもだ」

すでに黒装束の姿は失せていた。

胴田貫を鞘《さや》におさめた。十四郎もそれにならった。

半鐘が派手に鳴り始めた。

蔵人は顔を上げて、見た。

炎が、さらに勢いを増して、夜空を朱色に染め上げている。火の手が空へ向かって立ち上がっていた。風がない証《あかし》だった。

「この分だと、まず燃え広がる恐れはなさそうだ」

「如何様《いかさま》。半鐘の鳴りようからみて、町火消しも、ほどなく駆けつけましょう」

「明日にでも、火盗改メの相田《あいだ》殿と連れだって、火事場の検証に出向くとするか」

「ご一緒に」

「長谷川様との話もある。おれひとりで行くことにしよう。このところ夜廻がつづいている。躰《からだ》を休めろ」

「それでは御頭の身が」

「辛《つら》くなったら休ませてもらう。引き上げる前にやることがある」

「何か」

「叩き落とした手裏剣が道のどこかに落ちているはずだ。手がかりになる。ぜひにも見つけだしたい」

「投じられた手裏剣から身をかわすが精一杯でした。どのような形のものだったか、皆目、見当がつきませぬが」

「弾き落としたときの手応えからみて、おそらく十字形のもの。手伝ってくれ」

十四郎は無言で頷《うなず》いた。

蔵人が歩きだした。数歩遅れて、十四郎がつづいた。

明六つ（午前六時）、蔵人は浅草は新鳥越町《しんとりごえちょう》二丁目の貞岸寺《ていがんじ》裏の住まいを出た。

一寸先も見えないほどの靄《もや》が立ちこめている。山谷堀《さんやぼり》に架かる三谷《さんや》橋を渡って花《はな》川戸《かわど》へ抜けるころ、次第に靄が薄らいできて、周りの景色が見分けられるようになった。おぼろに浮かび上がる浅草御蔵《あさくさおくら》を左にみて天王橋《てんのう》を過ぎ、浅草御門《ごもん》の手前を右へ折れた。神田川《かんだがわ》沿いに佐久間町《さくまちょう》へ向かい、和泉橋《いずみ》を渡った。

歩きながら蔵人は昨夜の黒装束との戦いを思い起こしていた。

屋根上を走る黒装束。

屋根から飛び降り、蔵人に襲いかかった黒装束の動き。

飛来する手裏剣。

手裏剣は、十字形のものであった。

（あの、十字手裏剣の形にも、問題がある）

蔵人は思考の淵に沈み込んでいった。が、すべてが曖昧模糊《あいまいもこ》として、思案の糸口すら見いだせなかった。

思考は堂々巡りして、結句、黒装束たちの武術の技のひとつひとつに戻っていった。

蔵人が鍛錬し、会得した鞍馬《くらま》古流は、天狗を装った京の陰陽師鬼一《おんみょうじき》法眼《いちほうげん》が牛若丸こと源　義経《みなもとのよしつね》に授けたと伝えられる、武芸の流派であった。もともとは役小角《えんのおづぬ》を始祖とする熊野《くまの》、吉野《よしの》の修験道《しゅげんどう》を学ぶ行者《ぎょうじゃ》たちが、研鑽《けんさん》錬磨の果てに編み出していった、己が身を守るための術だった。その技が、魔王尊《まおうそん》を本尊とする鞍馬の行者たちによって集大成され、鞍馬古流、となったのだ。

また、修験者たちが修得した武術の一技は熊野、吉野に程近い伊賀《いが》、甲賀《こうか》の土着の者に伝わり、戦国の世に忍術、忍法として完成されていった。

蔵人は鞍馬古流奥伝《おくでん》の腕前であった。忍術のもととなった流派、鞍馬古流を身につけた蔵人だからこそ、

(忍びの技かもしれぬ)

と推測しえたのかもしれない。

泰平の世となって久しい。剣術さえ世渡りには無用の物、とされている御時世である。忍術などを、まともに修練する時代錯誤の輩《やから》などいるはずがなかった。

蔵人は、思案しつづけた。得るところは何ひとつなかった。ただ歩きつづけ、気がつくと、清水《しみず》門外の火付盗賊改方《ひつけとうぞくあらためかた》の役宅の門前にいた。


わずか後、蔵人の姿は役宅の奥の間にあった。

小袖《こそで》を着流した、くつろいだ服装の平蔵《へいぞう》が上座に坐している。向かい合って、蔵人が坐っていた。平蔵が、蔵人に眼を向けた。柔らかな眼差《まなざし》だった。

「昨夜、赤猫の捨蔵でも出たか」

「小網町《こあみちょう》を夜廻した折り、出くわしました」

「押し込まれたは商家か」

「おそらく。火の手が上がり町火消しの出動間近と察しましたので、何処《いずこ》が襲われたかは、しかとは確かめませなんだ」

「……足止めでもくったか」

　蔵人は無言で頷いた。

　平蔵は、目線を宙に据えた。視線をもどしていった。

「蔵人の動きを封じたとなると、赤猫一味には、かなりの手練れがいるとみゆるな」

「黒の強盗頭巾《がんどうずきん》に、黒装束の者たちでございました。投じてきた十字手裏剣の技が並みはずれたものでして」

「十字手裏剣、とな」

「これが、叩き落とした十字手裏剣で」

　蔵人は懐《ふところ》から二つに折った懐紙を取りだした。平蔵の前に置き、開く。一本の十字手裏剣が現れた。十字の海星《ひとで》に似ていた。中心に丸く穴が穿《うが》ってあり、矛《ほこ》状の両刃の刃先が、鈍く光っている。

「これは、柳生流《やぎゅう》の……」

平蔵が呻いた。

「やはり、そう見立てられますか。将軍家剣術指南役柳生家につたわる、柳生流十字手裏剣、と」

平蔵は、蔵人の声も耳に入らぬ様子で、手に取った十字手裏剣に凝《じ》っと見入った。

「柳生道場の門弟崩れの何者かが、赤猫の捨蔵一味に加わっているともおもえぬが」

独り言ともとれる口調だった。

無理もなかった。たとえ末席を汚していた弟子だとしても、将軍家剣術指南役柳生家の道場で修行を積んだ者が、押し込み強盗を働くなど、あってはならぬことであった。将軍家の威信にかかわる大事、といってもよかった。

「支配違いのことだ。火盗改メは表だっては動けぬ。裏火盗に働いてもらうしかないようだな」

「柳生流十字手裏剣を使ったとしても、柳生流にかかわりがある者とはかぎりませぬ。しかし、もし柳生流にかかわりがあると判明したときは」

「事は、慎重の上に慎重を重ねて進めねばなるまい」

平蔵は、懐紙の上に置いた柳生流十字手裏剣に眼を据えた。

二

裏火盗は、火付盗賊改方長官・長谷川平蔵が石川島人足寄場《いしかわじまにんそくよせば》を創設、運営するにあたって、

「向後は本来の任務である、悪党どもの探索に専念できぬは必至」

と判断し、老中首座・松平定信《まつだいらさだのぶ》と計らって結成した蔭の組織であった。

裏火盗の主たる任務は、火盗改メの支配の及ばぬ寺社、武家、公家方らが企《たくら》んだ悪事を探索することであった。組織の頭領の任にあるのが、結城蔵人だった。

蔵人は御神君《ごしんくん》・徳川家康の嫡男・岡崎三郎信康《おかざきさぶろうのぶやす》の末裔である。が、徳川幕府開府から百八十年余の年月が流れた今では、微禄の一旗本にすぎなかった。その家禄も裏火盗の任務につくにあたって、甥に譲っていた。

蔵人は、勧められるまま平蔵と朝餉《あさげ》を食した後、火付盗賊改方同心・相田倫太《りんた》郎《ろう》と小網町へ向かった。昨夜押し込まれた商家をあらためるためであった。

裏火盗は公《おおやけ》の組織ではない。町奉行所同心の調べが行われている場所へ出向いて探索するには、火付盗賊改方の依頼を受けて協力する剣客《けんかく》、という立場が必要だった。

相田倫太郎は火盗改メの同心でありながら、大の蔵人贔屓《びいき》で、

「できれば結城さんの下で働きたい。どうにかなりませぬか」

と、しばしば申し入れていた。平蔵は、そのたびに、

「まずは、目の前の探索に励むが第一」

苦笑まじりに応えるのが常だった。

大好きな蔵人と一緒に行動できるのだ。相田倫太郎は弾んだ口調で、

「筆頭与力の進藤《しんどう》さんが、ますます前任者の石島《いしじま》さんに似てこられて、閉口しております。細かいことに口を出されては干渉しきりで、いやはや、うるさいこと、この上ありませせぬ」

と、火盗改メの内輪話からはじまり、

「浅草の「藪《やぶ》そば」の蒸籠《せいろ》蕎麦切りのつけ汁はやけに濃い。あれでは生醤油《きじょうゆ》とか

わりませぬ。すすりあげるのが江戸っ子の食べ方だといわれておりますが、たっぷりつけたら、辛くて食べられたものではございませぬな」

などと食い物の品定めまで、喋《しゃべ》り通しなのだ。

蔵人は、ただ相槌《あいづち》を打つだけであった。

小網町につくまでの半刻（一時間）ほどの間、相田倫太郎の口が止まることはなかった。

小網町の一画で足を止めた蔵人は、昨夜の記憶を手繰《たぐ》った。ぐるりを見渡す。赤猫の捨蔵一味が襲った商家を探し求め、ゆっくりと歩きだした。

目指す商家はすぐにわかった。唐物問屋《からものどんや》［長崎屋《ながさきや》］の焼け跡の前には、奉行所の同心数人と岡っ引きたちの姿があった。

隣家を鳶口《とびぐち》などで壊して飛び火を防ぐ、いわゆる破壊消防が、当時の消し方であった。見事に半壊した両隣の商家には類焼の跡がわずかばかり残されていた。

相田倫太郎が同心のひとりに歩み寄って、何事か話している。同心が渋い顔つきになった。町奉行所と火付盗賊改方は、たがいに手柄を競いあう間柄であった。奉行所の同心が先乗りしてあらためていた現場を、後からやってきた、火付盗賊改方が再吟味しようというのだ。いい顔をされる筈がなかった。

蔵人は焼け跡をしげしげと見つめた。

奇異な有様にみえた。長崎屋だけが全焼し、焼け焦げた柱の残骸《ざんがい》が崩れ落ちていた。が、隣り合う商家は、壊されてはいるものの、さほどの火の粉《こ》も浴びていない様子だった。

（そういえば、昨夜は風がなかった）

無風であれば、風に巻かれて炎が飛び散ることはない。そう考えると、この焼け方も、さほど不自然なものではないような気がしてきた。

相田倫太郎の呼びかけが、蔵人の思考を断ち切った。

「話がつきました。調べにかかりましょう」

焼け跡に歩み寄る蔵人に、奉行所の同心が冷ややかな一瞥《いちべつ》をくれた。わざとらしく横を向き、間近にいる岡っ引きに声をかけた。

相田倫太郎が、小さな声で蔵人に話しかけてきた。

「『赤猫』と墨書された紙が長崎屋の前の通りに置かれていたそうです」

「この有様では、手がかりのひとつも、残ってはいないでしょうな」

「おそらく。奉行所の同心め、『手がかりは』と問うたところ『ご自分の目であためられるがよかろう』と申しましてな。面子《メンツ》にこだわる矮小《わいしょう》な人物で、無礼な物腰にいささか腹が立ちました」

蔵人は微《かす》かに笑みを浮かべた。

「じっくり探索して、成果を上げる。それだけが我らの務めでござるよ」

相田倫太郎の面《おもて》に笑みが浮いた。

「そうでした。さっそく仕掛かりますか」

「二手に分かれましょう」

「身共《みども》は右手へ」

相田倫太郎はさっさと歩き始めた。蔵人は悠然《ゆうぜん》と踵《きびす》を返した。

何カ所かに油をまいたのか、長崎屋は見事に跡形もなく焼け落ちていた。この様子では、骸《むくろ》は判別のつかぬほど焼けただれていたに相違ない。

蔵人は見落とされた物がないか、崩れた屋敷のなかに足を踏み入れた。獣が焼かれたときに発する異様な臭気が鼻をついた。

袂《たもと》で鼻を覆った。そうせずにはいられないほどの、強烈な臭《にお》いが立ちこめていた。まだあちこちに、焼死体が放置されたままになっているに違いなかった。

（奉行所の同心たちは、形だけの、おざなりの探索をしたのかもしれぬ）

だとすれば、手がかりのひとつも見いだせるかもしれない、とおもった。

ゆっくりと視線を走らせる。

蔵人の動きが止まった。

一点に目を凝らした。

それは、黒こげになって斜めに交差した二本の柱の間にあった。わずかに焼け残った紙切れが瓦礫《がれき》のなかに垣間《かいま》見える。なにやら絵模様が書かれていた。

近寄った蔵人は紙切れに手をのばした。

紙切れには、異国の建物らしきものが描かれていた。屋根に金色の十字架がそそり立っている。

(切支丹《キリシタン》の寺院？)

絵は肉筆で、浮世絵を彷彿させる描き方だった。残された絵は掌《てのひら》より少し大きかった。焼ける前は浮世絵と似たような大きさだったのかもしれない。

蔵人は懐から懐紙を取りだし、焼け残りの絵を丁寧《ていねい》に挟み込んだ。壊れ物でも包むような所作だった。

手がかりにはならないかもしれない。が、たとえ塵芥《ちりあくた》であっても、今は手元にとどめておくべきだった。

蔵人は範囲を区切り、まず外側から奥へ向かって丁寧にあらためていった。一区画終わったら次の一画に移る。何度か同じ作業を繰り返した。

相田倫太郎も蔵人を真似て、地に這いつくばうようにして探索している。

蔵人には、いつになく丁寧にやっているようにみえた。

調べ終えたときに、八つ（午後二時）の時の鐘が鳴り渡った。蔵人が顔を上げると相田倫太郎の姿が間近にあった。

焼け残った絵の切れ端以外、手がかりらしきものは見つからなかった。

蔵人と相田倫太郎は、目についた近くの蕎麦屋で遅い昼餉をとることにした。

衝立《ついたて》で仕切られた座敷の窓近くに坐り、相田倫太郎が溜め息まじりにいった。

「徒労に終わりましたな」

疲れ切った顔をしている。

蔵人は微笑《ほほえ》みで応じただけだった。

蒸籠に盛った蕎麦を載せた折敷《おしき》を、女が運んできて、蔵人たちの前に置いた。

「腹が減っては戦《いくさ》は出来ぬ、という。まずは腹ごしらえだ」

蔵人は箸をとった。

ふたりは黙々と食べつづけた。蔵人はともかく相田倫太郎には、疲れ果てて口をきく気力も残っていないように見受けられた。

食べ終えて蔵人がいった。

「長谷川様が赤猫の捨蔵を捕らえた折りの話をききたいが」

相田倫太郎は宙に眼を浮かせ、遠くを見る目つきになった。

「もう三年にもなりますか。密偵のひとりが、赤猫一味の盗っ人宿を突き止めてきましてね。人の出入りがあってもおかしくない安宿を装っておりました。その日は……」

「いつになく人の出入りが多い。どこぞに押し込むつもりかもしれません」

張り込んでいた密偵から報告を受けた長谷川平蔵は、配下の与力同心たちに、ただちに出役《しゅつやく》を命じた。

赤猫の捨蔵は狙った商家に押し込んで金品を強奪、家族、奉公人を皆殺しにし、家に火を放って行方をくらます、極悪きわまる凶賊である。

平蔵は、隊列を組んだ与力、同心、手先たちを前に、

「情け容赦はいらぬ。盗っ人宿に踏み込んだら、出会い頭に斬れ」

と、常とは違って、激しく檄《げき》を飛ばした。

「御頭の、あれほどの厳しい顔つきを今まで見たことがありませぬ。思い出すだけで身震いするような、地獄の閻魔《えんま》もかくありなん、といった凄まじい形相でありました」

蔵人の眼には、そういった相田倫太郎の拳《こぶし》が、微かに震えているようにみえた。

「斬り込んだ盗っ人宿は、まさしく、修羅場と化したであろうな」

「小柴《こしば》さんなどは、斬り伏せた盗っ人どもの脂で刃の切れ味が失われ、途中からは力任せに刀を叩きつける有様であった、といっておられました」

「赤猫の捨蔵ひとりだけ、取り逃がしてしまった。太股《ふともも》に一太刀《ひとたち》、それもかなり深々と抉《えぐ》ったとの手応えはあった。が、盗っ人宿の後ろが神田川。赤猫め、二階から川に飛び込んで、二度と浮いてこなかった、と長谷川様からお聞きしたが」

「翌日、川を浚《さら》いましたが赤猫の捨蔵の骸《むくろ》は、どこへ失《う》せたか見つからずじまいで。御頭は、赤猫め、逃げおおせたに違いない、と歯ぎしりなさって悔しがられました」

蔵人は黙り込んだ。

しばしの沈黙が流れた。

「赤猫の捨蔵は、長谷川様に挑戦する気で、江戸へ舞い戻ってきたのかもしれぬな」

独り言《ご》ちたような蔵人の物言いだった。

「火盗改メの面子にかけて赤猫の捨蔵、処断せずには置きませぬ」

相田倫太郎が唇を嚙んだ。


蕎麦屋の前でふたりは別れた。

「御頭へ報告いたさねばなりませぬ。清水門外の役宅に戻りまする」

別れ際にそういったところをみると、平蔵も、蔵人が探索に出向くことで手がかりのひとつもつかめるかもしれぬ、とのおもいが強かったに違いない。

(口には出されぬが長谷川様は、此度《こたび》の赤猫の捨蔵一味の跳梁《ちょうりょう》は、一度取り逃がした己の不始末のせい、と重く受け止めておられるのだ)

蔵人にとって長谷川平蔵は命の親、ともいうべき存在だった。

小身の旗本たちを陥れ、ありもしない罪科《つみとが》をつくりあげて御扶持《おふち》召放《めしはな》しに追い込む謀略を仕掛ける一味の目付を斬り、咎《とが》められて切腹の座についた蔵人であった。

老中首座・松平定信を動かし、蔵人の一命を救った者こそ、平蔵その人だったのだ。

「それだけではない。武士の本分を、矜持《きょうじ》を全《まっと》う出来得る裏火盗の任務まで与えてもらった」

蔵人は無意識のうちに口に出していた。懐にある、燃え残りの絵のことを相田倫太郎に告げなかったのは、手がかりかどうかを見極めて、との判断があったからだった。赤猫の捨蔵一味は押し込んだ家屋を燃やし、灰とすることで足跡のひとつも残さないよう仕組んでいた。

相田倫太郎の様子からみて火盗改メが何も摑《つか》んでいないことは明らかだった。南北両町奉行所は、もっとひどい有様かもしれない。

そんな折りに、確たる証もないものを、

「手がかりになるかもしれない」

などと、お為ごかしをいえる筈がなかった。

しかし、蔵人は、懐紙に挟んだ絵の燃え残りが、妙に気にかかっていた。

（必ず手がかりになる）

今までの探索で培われた勘が、そう告げていた。物知りの柴田源之進《げんのしん》なら、切支丹の寺院らしきもの、と蔵人がみた建物について、さらに詳しい知識を持ち合わせているかもしれない、とおもった。

夜廻に出かける前に、柴田源之進を捕まえなければいけなかった。

蔵人は足を速めた。

三

浅草田圃《たんぼ》沿いの林の中にある貸家に柴田源之進はいた。柴田源之進と木村又次郎《きむらまたじろう》、真野晋作《まのしんさく》の三人が同じ建物に、間近に建つ貸家に安積新九郎《あづみしんくろう》、神尾十四郎、無言《しじま》の吉蔵《きちぞう》が住み暮らしている。

蔵人は柴田を貞岸寺裏の己が住まいに招じた。奥の座敷で、向かい合って坐った。

「見てほしいものがある」

蔵人は懐から二つ折りにした懐紙をとりだし、前に置いた。開く。

挟み込まれた絵を見て、柴田源之進が、首を捻《ひね》った。

懐紙ごと手にとって、しげしげと見つめる。

「……これは、異国の風景ではございませぬか」

「異国の」

「十字架が円い屋根に掲げられております。これは切支丹伴天連《バテレン》の寺院でございましょう。背後に描かれた建物は石造りのもの、とおもわれますが」

蔵人は差し出された懐紙を受け取った。柴田源之進のいうとおりだった。焼け残った部分にわずかに建物の一部が描かれていた。江戸の、いや、この国の家屋とは明らかに違っていた。

顔を上げて、言った。

「絵の筆致は、浮世絵のそれとおもうが」

「わたしもそう見ます」

「それでは、浮世絵の心得のある誰かが異国の風景を写した、というのか。鎖国の禁令を破って異国へ渡ったと」

「あるいは、何者かが持ち込んだ異国の風景が描かれた絵を写したか、でございまする」

「もし持ち込まれた絵を写したとすれば、どこかに元となった絵があるということになる」

「おそらく」

「その絵、探す手立てはないか」

「やってみましょう。まずは公儀御文庫《おぶんこ》あたりを調べてみようかと」

「明朝早く火盗改メの役宅に相田殿を訪ねるがよい。公儀御文庫に同道してもらえるよう依頼の書状を書いておこう」

「夜廻に出かける前に受け取りに来ます」

「夜廻はおれが替わろう」

「それは……。御頭もお疲れの筈」

「絵が、どこの風景を描いたものか突き止めることに専念してくれ。おもわぬ手がかりになるやもしれぬ」

柴田源之進は無言で頷いた。


翌早朝、神田川沿いを疾駆する騎馬があった。浅草御門を抜け、天王橋、浅草御蔵と一気に駆け抜け、山谷堀に架かる三谷橋を渡って千住《せんじゅ》大橋へ向かった。

騎乗するのは相田倫太郎であった。背にしがみつくように乗っている。空飛ぶような馬の勢いであった。

　貞岸寺の門脇、塀に貼り付くように馬を止めた相田倫太郎は馬の背に立ち、塀屋根に飛び移った。境内《けいだい》に飛び降りる。蔵人の住む境内裏手の離れには町家の脇道から入る道筋もあったが、わずかばかり回り道となった。相田倫太郎は、少しの間も惜しかった。一気に駆け走り、離れ屋の前に立ってよばわった。

「結城様、相田倫太郎でござる。起きてくだされ」

　呼応するかのように戸障子が開かれ、濡れ縁に蔵人が姿を現した。胴田貫を手にしていた。

「出たのか、赤猫の捨蔵一味が」

「此度は旗本屋敷に」

「何っ」

「御頭が至急役宅まで参られたい、とのこと。乗ってきた馬が門脇に」

「委細承知。相田殿に頼みたいことがある。柴田と打ち合わせて、この足で公儀御文庫に出向いて、調べ物につきあってほしい。長谷川様には、その由、伝えておく」

「分かりました。柴田さんの住まいへ向かいまする」

「着替えが済み次第、清水門外の役宅へ向かう所存」

相田が物問いたげに口を開きかけた。蔵人が応じた。

「その調べ物、赤猫の捨蔵一味探索の手がかりになるかどうか、まだ定かではない。すべては調べの結果次第でござる」

「柴田さんと手分けして、できるだけ早く成果が出るよう努めまする」

蔵人は微笑で応じた。


半刻（一時間）後、清水門外は火付盗賊改方の役宅に蔵人はいた。

平蔵は、いつもの奥の座敷で床の間を背に坐していた。前に赤猫の捨蔵一味の調べ書が積んである。蔵人が座敷に入ると、読んでいた調べ書を脇に置いた。

「相田から聞いたか」

「甲賀坂の旗本二千石、寄合組組下の太田嘉兵衛《おおたかへえ》殿の屋敷に、赤猫の捨蔵一味が押し込んだ、と。それ以外のことは何も」

「火の手が上がったので、隣家の旗本が気づいて駆けつけ、類焼せぬための手配りをした。その折り、門前の路上に、石を重しがわりに置いてあった『赤猫』と墨書された紙を見いだしたそうな」

「赤猫の捨蔵が武家屋敷に押し込んだことは、かつて一度もなかったのでは」

「そうだ。記憶違いがあるかもしれぬとおもうてな、以前の調べ書を引っ張り出してあらためていたところだ」

「何かありましたか」

「赤猫の捨蔵は町家だけに押し込んでいた。それが、此度は旗本屋敷にも押し入った。武家屋敷は町家より警戒が厳しい。危険も増す筈。あえて危険を冒してでも押し込まねばならぬ理由《わけ》が、必ずある筈だ」

平蔵は、うむ、と首を捻った。蔵人は、黙している。赤猫の捨蔵のことは、あまり知らなかった。己の見立てを述べるなど、できる話ではなかった。

平蔵がことばの調子を変えて、言った。

「蔵人、七つ半に御老中首座より至急の書面が届いてな。太田嘉兵衛の屋敷が全焼した。下手人は江戸を荒らしている赤猫一味とみられる。目付を出張《でば》らせれば事は公になり、あたら三河以来の旗本を処断せねばならなくなる。家禄没収、家名断絶は必至。密《ひそ》かに探索されたし。支配違いにかかわる手配りのこと、当方にて処理する所存、と記してあった」

「しかし、役向きの面子にかかわること、大っぴらに探索をすすめれば、つまらぬ厄介事が生ずる恐れもあります。隠密裏に動くが得策かと」

「わしも、そう思う。裏火盗配下の者だけでは手不足であろう。相田や小柴などを使ってもよい。必要となったら連絡をくれ」

「その折りは、よしなに」

「握り飯が用意してある。朝餉をすませ次第、直《ただ》ちに甲賀坂へ向かおう」

蔵人は無言で頷いた。


旗本二千石太田嘉兵衛の屋敷は、御用屋敷近くの甲賀坂に面した一画にあった。このあたりは、大名の上屋敷や大身《たいしん》旗本の屋敷の建ちならぶ一帯だった。

長谷川平蔵は結城蔵人ひとりを連れて、太田嘉兵衛の屋敷に出向いてきた。

庭に立って、ぐるりを見渡す。

わずかに焼け焦げの跡はあるが、塀と表門、裏門はすべて残っている。建物に近い庭木の一部が燃えていただけであった。

「火の手が飛び火することもなく、屋敷だけが燃え尽きている。定火消《じょうびけ》しが、いち早く火の手を見いだし、駆けつけたのかもしれぬな」

「おそらく」

頷いた蔵人の脳裏に、長崎屋の焼け跡が浮かび上がった。長崎屋の両隣りの町家は、飛び火を防ごうとする町火消しの手によって半壊していた。

江戸は火事の多い町であった。木造家屋が建ちならんでいる。乾ききった、燃えやすい木々が群がっている一帯、といってよかった。ぼや騒ぎは日常茶飯事だった。町家の密集する一帯で火の手が上がり、わずかでも火消しの駆けつけが遅れると、必ずといっていいほど大火事になった。

あまりに度重なる大火に、幕府は風の強い日には、芝居小屋の興行を中止させたほどであった。当時の歌舞伎は、舞台の端に火のついた多数の蠟燭《ろうそく》を立てて、照明として使っていた。板や厚紙でつくられた、建物や樹木を形づくった大道具などに蠟燭の火が燃えうつることも、さして珍しいことではなかった。

蔵人は、長崎屋と太田嘉兵衛の屋敷の焼け方に、何か人為的なものを感じていた。

二軒とも、跡形もなく建物は焼き尽くされていた。家屋の数カ所に火を放てば、こういう焼け方をするかもしれない。柴田源之進に渡した、異国の風景を描いたとおもわれる肉筆の浮世絵が燃え残ったのは、たまたま火付けの場所の狭間《はざま》に、保管されていたのかもしれない、とも推測をめぐらせた。

平蔵と蔵人は、二手に分かれて焼け跡を見回ることにした。

蔵人は、

「手がかりにはならぬ物かもしれませぬが……」

と前置きし、太田屋敷へ向かう道すがら、長崎屋の焼け跡に落ちていた燃え残りの浮世絵について平蔵に話していた。

別れ際に、

「浮世絵のこと、わしも気にかけよう」

そう告げ、平蔵は持ち場へ歩き去っていった。しばしその場に立って見送った蔵人は、ゆっくりと踵《きびす》を返した。

さすがに二千石取りの旗本屋敷であった。焼け落ちる前は、広大な建物が威勢を誇っていたに相違なかった。

目分量で探索する区画を決め、その一帯を調べ終えたら、同じことを繰り返す。ふたりで調べるには、あきらかに無理な広さだった。が、支配違いという、大っぴらには出来ない事情があった。あるときは膝《ひざ》を折り、あるときは地に這って、蔵人は黙々とあらためつづけた。時折、顔を上げて見やると、平蔵は休むことなく作業している。

（集中する心が途切れないのだ）

蔵人は無意識のうちに己と比べていた。少なくとも、今、このとき、意識は務めから離れている。

（未熟。まだまだ遠く及ばぬ）

地面に眼を落とした。刀が転がっていた。柄に何やら付着していた。よく見ると切り落とされた人の手首だった。焼けただれて炭と化していた。刀を強く握りしめたまま、炎にまかれたのだろう。

蔵人はまわりに眼を凝らした。切断された手首と刀が落ちているのだ。このあたりで斬り合いがあったことは、まず間違いなかろう、と判じた。

地面に顔を近づけ、さらに細かくあらためようと視線を注いだ。異臭が漂ってきた。土中に骸が埋まっているのかもしれない。

蔵人は立ち上がった。再度ぐるりに眼を走らせた。瓦礫《がれき》が重なり合って、山となっていた。

蔵人は、折れて斜めになった黒焦げの柱に手をかけた。柱の下に、着物の切れ端らしきものが見えたからだった。柱を押し倒し、跪《ひざまず》いて調べた。女物の小袖の袂の、燃え残りだった。蔵人は手についた柱の灰と泥を払って、立ち上がった。

調べ始めて、たっぷり三刻（六時間）は過ぎた頃、

「蔵人、あったぞ」

呼びかけられて振り向くと、破れた紙切れらしきものをかざして平蔵が微笑んでいた。

「まさか」

おもわず声をあげていた。

「そのまさかだ。異国の風景を描いたとみゆる肉筆の浮世絵の燃え残りだ」

平蔵は、懐から二つ折りした懐紙の束を取りだし、浮世絵を挟み込んだ。

懐紙の上に肉筆の浮世絵が置かれていた。異国の港とおもえる風景だった。幾重にも帆が張られた帆船にまじって、千石船が停泊している。帆船のなかには、千石船より倍以上大きいものもあった。海に面した通りには石造りの建物が乱立している。

蔵人が長崎屋で見つけだした浮世絵より、はるかに焼け残った部分が大きかった。おそらく元の半分近くはあるだろう。

懐紙は向かい合って坐る平蔵と蔵人の間に置いてあった。

神田川の水音が、閉めきった窓障子ごしに聞こえてくる。ふたりは平右衛門町《へいえもんちょう》の船宿「水月《すいげつ》」の二階の座敷にいた。

水月の主《あるじ》の仁七《にしち》は、元は雁金《かりがね》の仁七との二つ名を持つ盗っ人で、いまは長谷川平蔵の密偵を務めている。平蔵の命で、裏火盗創設のときから蔵人の手足となって働く、酸《す》いも甘いも嚙み分けた、頼りになる男であった。

その仁七は、

「腹の足しになるものを、取り急ぎ支度してきやしょう」

と、挨拶もそこそこに階段を下りていった。

平蔵も蔵人も探索にかまけて、昼餉も食していなかった。浮世絵を見いだした折り、平蔵が告げたものだった。

「この有様だ。ふたりの力では、ここらが限界。引き上げよう」

蔵人は無言で頷いた。

「長崎屋と太田の屋敷、二カ所から異国を描いたと思われる浮世絵が出てきたのだ。手がかりになると、わしはおもう」

長年の探索で培われた勘がいわせているのであろう。自信に満ちた、平蔵の口振りだった。

　蔵人は懐紙ごと浮世絵を手にした。しげしげと見つめて、いった。

「長崎屋で見つけた浮世絵の筆づかいと酷似《こくじ》しています。おそらく同一人物の描いたものかと」

「わしは、長崎屋から出た浮世絵を見ておらぬので、何ともいえぬ。が、異国を描く浮世絵師が数多くいるとはおもえぬ」

　言葉をきって、蔵人を見つめた。

「この浮世絵の調べに柴田と相田がとりかかっているときいたが」

「本日、公儀御文庫に出向いております」

「異国の港を描いた浮世絵を柴田に預けようとおもうが」

「そうして頂ければ、調べも手早く進む筈」

「それと、柳生流十字手裏剣のことじゃ。いま手元にあるか」

「住まいの手文庫の中に」

「明朝、役宅へ届けてくれ。できるだけ早く、な」

「吉蔵に届けさせます。しかし、柳生流十字手裏剣が、なぜ、必要なのでございますか」

「御老中と断じて、柳生家探索の許諾を得、その十字手裏剣の出所《でどころ》を探らねばならぬ。万が一、柳生家から出たものとすれば由々しき大事。事の真偽は明らかにせねばならぬ」

「柳生家にかかわりないとすれば、どこで作られたものか、探索せねばなりませぬ」

「赤猫の捨蔵一味が、なぜ柳生流十字手裏剣を使ったか、その狙いとするところも、な」

「……ただの盗っ人騒ぎでは、すまぬかもしれませぬ。根深いものが潜んでいる。そう考えられぬことも」

平蔵は、うむ、と頷いて、いった。

「向後、夜は旗本屋敷の建ちならぶ一帯を見廻ってくれ。町場は火盗改メで見廻る。支配違いの壁がある。武門には手を出せぬでな」

「承知」

蔵人は、大きく顎《あご》を引いた。

四

無言《しじま》の吉蔵は足を速めた。

雲が重く垂れ込めているせいか、夜明けとは思えない暗さだった。

七つ（午前四時）過ぎに、浅草田圃近くの住まいを出た吉蔵は、清水門外の火付盗賊改方の役宅へ向かっていた。懐には蔵人から、

「長谷川様に直接手渡すように」

と、託された木の小箱がおさまっていた。

「直接手渡すように」

といわれたことから、大事なものであることは察せられた。蔵人は小箱の中身を教えなかった。吉蔵もあえて詮索《せんさく》しようとはしなかった。ただ、蔵人が中身が何であるか告げなかったことが、吉蔵に、

（重要な意味を持つ品に違いない）

とのおもいを強めさせた。

無言の吉蔵は、

『盗みはすれど非道はせず。殺さず。犯さず』

の、いわば盗っ人の正道を、隠退するその日まで貫いた大盗賊であった。

結城蔵人と知り合い、その人柄に惚れ込んで、

「世間に害悪を流しつづけて生きてきやした。残り少ない命。せめて人の役に立って死にてえ」

と頼み込み、裏火盗の手先になったのだった。

その吉蔵の、長年盗っ人で鍛え上げてきた勘が、

「何があっても、命にかけて、お届けせねばならぬ品」

と告げていた。

吉蔵はぐるりに気を張りめぐらせて、歩きつづけた。が、傍目《はため》には、早立ちした老爺《ろうや》が、離れた在所に住まう孫の顔でも見にいくような、のんびりとした足取りにみえた。

七つ半（午前五時）少し前、火付盗賊改方の役宅の奥庭で、吉蔵は小箱を、縁側に腰をかけた平蔵に手渡した。平蔵は、羽織こそ身につけてはいなかったが、袴《はかま》姿の、すぐにも出かけられる出で立ちであった。

「御苦労。勝手場にまわり、茶など呑《の》んでいくがいい」

とだけ告げ、奥の間に消えた。わずかな出会いであったが、吉蔵は平蔵のなかにある屈託を感じとっていた。

吉蔵が、勝手場に立ち寄ることはなかった。役目を終えたあと、前庭を横切って表門へ向かい、貞岸寺への道筋をたどった。

是が非にも明六つ（午前六時）までには、蔵人の住まいへ戻りたかった。明六つには、夜廻に出た木村又次郎、真野晋作、安積新九郎、神尾十四郎が帰ってくる。戻り次第、会合がもたれることが決まっていた。

赤猫の捨蔵が江戸の巷《ちまた》を荒らし回っていた。主一家、住込みの奉公人を皆殺しの上、家屋に火を付けるなど、極悪非道の盗みをつづけている。

（畜生盗みだけでも、まっとうな盗っ人道から外れているのに、火付けまでやらかすとは）

吉蔵は、腸《はらわた》が煮えくり返るほどの怒りを燃え滾《たぎ》らせていたのである。

が、蔵人からは一向に、

「探索にかかわってくれ」

との声がかからない。

（老齢の身をいたわってくれているのだ）

そう心でわかっていても、

（老いぼれ扱いされるほど、やわではない。おれは無言の吉蔵、大物の盗っ人として鳴らした男だ。まだまだそこらの若造に負けねえ働きは出来る）

との、年甲斐もない負けん気が頭をもたげてくる。

ましてや赤猫の捨蔵は、吉蔵とは真反対に位置する、畜生盗みの権化《ごんげ》ともいうべき極悪人だった。

（盗っ人の風上にも置けねえ野郎だ。おれの手で引導を渡してやる）

と、固く心に決めている吉蔵だった。

急ぎに急いで、吉蔵が貞岸寺裏へたどり着いたとき、蔵人の住まいへ入っていく大林多聞《おおばやしたもん》の後ろ姿が見えた。

大林多聞は、蔵人の住まいと隣り合う貸家で町医者を開業している。が、実体は裏火盗の副長を勤める、謹厳実直を絵に描いたような人物だった。

（間に合った）

吉蔵は、さらに足を速めた。

奥の座敷の、床の間を背にした蔵人の斜め脇に大林多聞、柴田源之進、夜廻から戻ったばかりの木村又次郎、真野晋作、安積新九郎、神尾十四郎らが半円を組んで坐していた。半円の端、背中ひとつほど離れて吉蔵と仁七が控えていた。

勝手場から物音がしているところをみると、雪絵《ゆきえ》が朝餉の支度をしているのだろう。

雪絵は診療所で大林多聞の助手をしている。小身旗本の娘という触れこみだが、実は七化《ななば》けお葉《よう》という二つ名を持つ、盗っ人仲間では、名の通った女盗賊であった。悪の一味から間諜として送り込まれたが、接するうちに蔵人に惹《ひ》かれ、住みついたのだった。蔵人もまた、雪絵を憎からず想っている。いわば相思相愛のふたりなのだが、裏火盗の頭領と元女盗賊という立場と遠慮が、表向きはそっけなくみえる態度をとらせていた。雪絵の過去を知るのは蔵人と仁七、吉蔵の三人だけであった。

「公儀御文庫には、異国の風景を描いた浮世絵は、見あたらなかったというのだな」

蔵人の問いかけに柴田が応じた。

「長崎出島《でじま》よりもたらされた、南蛮渡りの書物のなかに、ルソンやポルトガルの町々の風景が描かれた絵が挿入されておりましたが、かの浮世絵に描かれた風景とは違っておりました。どこの国の景色か、判じかねます」

蔵人は、うむ、と首を捻った。出島に出入りしていない国の町を写したものではないか、との思いが脳裏をかすめた。

柴田が、言葉を継いだ。

「思ったより異国にかかわる文献が少のうございました。まだ、蔵された、すべての文献にあたったわけではないので、手がかりになる書物がない、とはいいきれませんが」

「手がかりになりそうな文献すべてをあらためてくれ。他にいい手立てがない以上、つづけるしかあるまい」

「相田殿はいかがいたしましょう」

「長谷川様から、必要なら手伝わせる、とのありがたいお言葉をいただいている。人手が足りぬ折り、探索の手助けとなるのなら手伝ってもらえ」

「そういたします。実は、相田殿からの申し入れで、朝五つ半に公儀御文庫にて落ち合う約束になっております」

蔵人は無言で頷いた。

木村又次郎や安積新九郎が夜廻の復命をした。大身旗本の屋敷の建ちならぶ南《みなみ》割下水《わりげすい》と駿河台《するがだい》の二カ所を重点的に夜廻する、と決めてあった。

「昨夜は何も起こらずじまいで」

木村又次郎と安積新九郎が、面目なさそうにいった。

「わずか二組での夜廻。大海の一滴、ともいうべき動きだ。無駄を覚悟して、気長にやるしかあるまい」

木村たちが、うむ、と顎を引いた。夜廻に出た者のいずれもが、眠気を堪《こら》えた赤い眼をしていた。顔に疲れが浮き出ている。

「引き上げてよい。雪絵さんが朝餉の支度をしてくれている。板の間で食し、後は休め。残るは吉蔵と仁七だけでよい。柴田も朝餉をすました後、御文庫へ向かってくれ」

「は」

柴田が右脇に置いた大刀に手をのばすのと、

「この後の話し合いにて決められる段取り、聞いておかねばならぬのでは」

と、木村が身を乗りだすのが、ほとんど同時だった。

柴田が、坐り直した。

蔵人が告げた。

「顔つきからみて、だいぶ疲れている様子。今は休むが先だ。後の段取りは夜廻へ出る前に多聞さんから聞けばよい」

多聞が、脇からいった。

「そうしろ。疲れた躰では集中する心も鈍る。医者のわしがいうのだ。間違いはない。おぬしらの耳代わり、ちゃんと務めておく。御頭のおことばの一言一句、洩《も》らさず伝えてやる」

木村が笑みを浮かせ、軽口で応じた。

「『よく治してくださる。まさしく名医』と、噂されている大林先生の言だ。従わねばなりませぬな」

話が終わったのを見届けて、柴田が大刀を摑んだ。

「朝餉をすませ、公儀御文庫に向かいます」

立ち上がった柴田につづいて、

「それでは、これにて」

木村たちもゆっくりと刀を手にとった。

蔵人が仁七に眼を向けた。

「仁七、料理屋仲間の伝手《つて》を頼って、柳生道場の内情を探ってくれ。高弟でありながら、身を持ち崩した者がいないかどうか。いれば、その者の居場所、動きを知りたい」

「わかりやした。すぐに仕掛かりやす」

仁七が眼を細めた。むかしの盗っ人稼業を彷彿させる、残忍さを秘めた、凍えた光が眼の奥底に宿っていた。

吉蔵が、一膝すすめて、いった。

「あっしは、どう動けばいいんで」

蔵人が、微笑みを浮かべた。

「赤猫の捨蔵一味に押し込まれた商家のぐるりで聞き込みをしてくれ」

「押し込まれる前に、何か、いつもと違うことがあったかどうかを聞き込んでくるんですね」

「そうだ。どうも赤猫の捨蔵の動きに、腑《ふ》に落ちないところがあってな」

「何が気になるんで」

「おれの思い過ごしかもしれぬが、赤猫の捨蔵は、火事は大きくしたくない、できれば、押し込んだ家だけを燃やせばよいと思っているのではないか、と、そう感じるのだ」

「それは、ありますまい。あっしの知ってる赤猫の捨蔵は情けの欠片《かけら》もない。犬畜生にも劣る極悪人で」

いつになく激しい吉蔵の口調だった。抑えきれない怒りが声音《こわね》に籠《こ》もっていた。

しばし口を噤《つぐ》んだ後、蔵人が告げた。

「どんな些細《ささい》なことでもよい。聞き込んだことは、すべて、おれに伝えてくれ」

「存分に働かせてもらいやす」

眼を輝かせて、吉蔵が応じた。

五

長谷川平蔵は雉子橋御門《きじばしごもん》から入り、内堀沿いにすすんだ。昇る朝日を受けて、千代田城《ちよだ》が威風堂々と聳《そび》えている。江戸市中のいずれからも望むことのできる、幕府の勢威を示す城郭でもあった。

老中首座・松平定信を、登城する前に捕まえて談判しよう、と平蔵は考えていた。

平川《ひらかわ》御門、大手《おおて》御門と通り抜け、御畳蔵《おたたみぐら》の角を左へ折れて和田倉《わだくら》門をすぎ、少し行ったところの大名小路《だいみようこうじ》に松平定信の役宅はある。

（柳生家の探索、おそらく、お許しにはなるまい。しかし、此度のこと、やすやすと引き下がるわけにはいかぬ）

平蔵は、無意識のうちに奥歯を嚙みしめていた。

幕政を、幕府創立時の武士道を重んじる清廉潔白、質実剛健の世に復する、と唱えて、田沼意次《たぬまおきつぐ》の行った賄賂《わいろ》横行の金権政治の改革に乗りだした松平定信は、格式、秩序を、ことさらに重んじる人物であった。書物で得た知識をひけらかし、現実の動きを観ること、柔軟に物事に対処することができぬという、政《まつりごと》にしたがう者としては致命的な欠陥の持ち主でもあった。

現実に即し、融通自在に物事を処理していく長谷川平蔵とは、いわば対極に位置する者といえた。

「至急お耳に入れたきことが」

と、前触れもなく訪れた長谷川平蔵は、通された接見の間で、半刻（一時間）

近く待たされた。

　現れた松平定信は癇癖《かんぺき》の証の青筋を額に浮き立たせていた。眼が尖《とが》っている。上座に坐るなり、いった。

「御用繁多の折りじゃ。用向きのこと、手短かに申せ」

　平蔵は懐から袱紗《ふくさ》包みをとりだし、定信の前に置いた。袱紗包みを開くと木の小箱が現れた。

「御披見くださりませ」

　平蔵が木箱の蓋《ふた》をとった。なかに柳生流十字手裏剣がおさめられていた。

「これは」

　定信が訝《いぶか》しげに眉《まゆ》を顰《ひそ》めた。

「柳生流十字手裏剣。柳生家に伝わる、一度刺されば回転して肉を切り裂き骨を断ち、抜くときには、さらに肉を深々とえぐり取る、必殺の、両刃の手裏剣」

「将軍家剣術指南役たる柳生家につたわる、必殺の十字手裏剣とな。恐ろしい武器があったものよ」

　呻くようにいっただけで、定信は柳生流十字手裏剣を手にとろうとはしなかった。

「この十字手裏剣は、結城蔵人が夜廻中に出くわした、さる凶盗の一味が投じたものでございまする」

「さる凶盗、とな」

「赤猫の捨蔵でございます。一味の者と結城が斬り合ったとき、飛来した十字手裏剣を弾き落とした、と聞いております」

定信が黙った。焦点の定まらぬ眼で躰を強張《こわば》らせる。思案に余ったときに為す、いわば定信の癖であった。

平蔵は、凝っと定信の発する言葉を待っている。

定信が顔を上げた。平蔵を見据えて、わめいた。

「ならぬ。ならぬぞ。柳生家にかかわる者が赤猫の捨蔵一味に加担する筈がない。事は将軍家の威信にかかわりかねないこと。柳生家の探索、まかりならぬぞ」

「しかし、万が一、柳生流につながる者が身を持ち崩し、柳生家の武器倉より大量の十字手裏剣を盗み出して赤猫一味に加わっているとしたら、如何《いかが》なされます。露見の暁には収拾のつかぬことになりまするぞ」

「万が一、柳生家にかかわりなかったらどうなる。支配違いの者に密かに探索することを許した、わしの立場はどうなるのだ。此度のこと、許諾できぬ」

平蔵は身を乗りだした。

「このまま赤猫の捨蔵一味の跳梁を許せば、江戸は火の海になりかねませんぞ。疑わしきものは調べ上げて、その疑惑を解く。柳生家やつながる者が赤猫の捨蔵にかかわりなし、となれば、それはそれで安泰の仕儀」

「長谷川」

話の腰を折る定信の呼びかけだった。声音に、咎め立てする棘《とげ》が含まれていた。

平蔵を皮肉な目つきで見つめて、いった。

「一度捕らえかけた赤猫の捨蔵を捕り逃したのは、長谷川、おぬしではないか。今は、まずは、武士の一分《いちぶん》、意地を通すが大事であろう。柳生家のことなど関係ない。赤猫の捨蔵を捕らえれば、すべて済む話じゃ」

「ごもっともな仰せ。しかしながら、調べは詰め将棋のようなもの。一手一手と打ちつづけなければ王は仕留められませぬ」

「ならば、速やかに一手一手を打てばよい。登城が迫っておる。これにて話は打ち切る」

いうなり定信は座を立った。

平蔵は軽く頭を下げただけだった。膝に置いた拳を、思わず、強く握りしめていた。

清水門外の役宅へ戻った平蔵は、奥の間に籠もり、松平定信との会合の経緯を巻紙に書きしたためた。蔵人への書状であった。封をすると立ち上がり、廊下へ出た。

「小柴、小柴はおらぬか」

と呼びかけた。

同心小柴礼三郎が蔵人の住まいへ駆けこんだのは、それから一刻（二時間）後のことだった。

庭先から呼びかけた小柴の声に応じて、濡れ縁に姿を現した蔵人は、封書を受け取り、

「御免」

と告げて、封を切った。

読み終わり、顔を上げていった。

「かような仕儀もあろうかと、別の手立ても講じております。結果を得るには、

さほどの時もかかりますまい、と長谷川様にお伝えください」

「承知仕《つかまつ》った」

頭を下げ、小柴は急ぎ足で立ち去っていった。

座敷に戻った蔵人は、文机《ふづくえ》の前に坐った。平蔵からの書状には、松平定信と話し合ったが柳生家探索の許しは得られなかった、と記されていた。

柳生流十字手裏剣が、柳生家の武器倉から持ち出されたものだとすれば、赤猫の捨蔵一味を捕らえたときには、柳生家の名が出るは必定《ひつじょう》だった。他の大名、大身旗本ならともかく、柳生家は将軍家剣術指南役であった。たとえ末席を汚す弟子だとしても、柳生道場の門弟の中から盗っ人の一味に加わる者が現れたら、どうなるか。管理不行き届きのかどで、柳生家が責めを負わされるのは当然のこととしても、問題は、将軍家の名に傷がつく恐れがあることであった。将軍家に害が及ぶことだけは避けねばならなかった。事は、慎重の上にも慎重にすすめねばならない。

（まずは、柳生家が赤猫の捨蔵一味にかかわりがあるかどうか、それを確かめねばなるまい。迂闊《うかつ》に赤猫一味には手を出せぬ）

蔵人のなかで、閃《ひらめ》いた考えがあった。突拍子もない策であった。

「動かねば、何事もすすまぬ」

蔵人は、低く呟《つぶや》いた。己に言い聞かせる一言でもあった。立ち上がった蔵人は、胴田貫をかけた刀架に歩み寄った。


柳生家上屋敷は三縁山増上寺御成門《さんえんざんぞうじようじおなりもん》近くにあった。旗本の子弟、諸藩の藩士など多数の門弟を有する剣術道場は、藩邸の一角にあった。

表門の前に立ち、『柳生道場』と墨跡太く記された看板を、鋭く見あげる浪人がいた。筒袖の着物にたっつけ袴という、いかにも武芸者然とした出で立ちに身をかためた結城蔵人であった。

蔵人はゆっくりと歩きだした。看板に手をかける。

「何をする」

稽古《けいこ》に通ってきた門弟が見咎め、制止しようと摑みかかった。

蔵人の躰がわずかに沈んだかとおもうと、門弟が大きく呻いて崩れ落ちた。蔵人の迅速の当て身を喰らったのだ。

蔵人は躊躇することなく看板を取り外した。門内へ向かって、よばわった。

「柳生道場の看板、結城蔵人、頂戴《ちようだい》仕る。それがしは剣を志す者、立ち合いを申し入れる。受けていただければ看板はお返し申す」

道場内から門弟たちが飛び出してきた。稽古中だったのか、手に手に韜竹刀《ふくろしない》を持っている。袋状にした牛馬の革で割竹を包んだ韜竹刀は、上泉伊勢守《かみいずみいせのかみ》が起こした新影流《しんかげりゅう》の稽古用の武具として造られた。

柳生新陰流《しんかげ》の始祖・柳生石舟斎《せきしゅうさい》は、上泉伊勢守より一国一人の印可《いんか》相伝を受けた者であった。流派を開くにあたり、この韜竹刀をとりいれ、稽古に用いることとした。柳生は将軍家指南役を勤める江戸柳生と、石舟斎の孫の柳生兵庫介《ひょうごのすけ》利厳《としよし》が、尾張《おわり》家に剣術指南役として迎え入れられたときから始まる、尾張柳生の二派に割れたが、いずれも稽古には韜竹刀を用いた。

蔵人は、その場から動こうともしなかった。取り囲んだ者たちを、凝然と見据えている。立ち合うまで帰らぬ、との強い意志が躰全体から発せられていた。

高弟とおぼしき四十がらみの、筋骨たくましい長軀《ちょうく》の男が、門弟たちをかき分けて前へ出、蔵人と対峙した。

「師範代を勤める庄司喜左衛門《しょうじきざえもん》でござる。柳生新陰流では、他流試合が禁じられております。看板は当道場にとって、かけがえのないもの。お返しいただきたい」

「返さぬ」

「それは無体《むたい》というもの」

「無体で結構」

「どうあっても立ち合いたいと申されるか」

「問答無用」

蔵人は看板を抱え直すふりをして、大きく左右に振りまわした。門弟たちが慌てて、飛び下がる。なかには看板の一撃を喰らって、横転する未熟者もいた。

蔵人は、二手に割れた門弟たちの間を悠然と歩いて行く。

「待て」

「逃がさぬ」

門弟たちが追いすがった。その動きを制するかのように蔵人が足を止め、ゆっくりと振り返った。

「浅草新鳥越町二丁目に存する、貞岸寺の裏手に住まいする結城蔵人でござる。柳生新陰流に立ち合いを所望いたす。看板は身共にとって無用のもの。立ち合っていただければ、速やかにお返しいたす」

門弟たちに鋭い一瞥をくれるや、踵を返して歩きだした。

「待たれい」

背後から庄司喜左衛門が歩み寄った。

刹那《せつな》――。

蔵人の腰間《ようかん》から一条の光が走った。

横っ飛びに逃れた庄司喜左衛門の鼻先に、胴田貫の切っ先が突きつけられた。

紙一重の間しかなかった。

低く呻いて、庄司喜左衛門が息を呑んだ。

門弟たちが金縛りにあったかのように立ち尽くした。

「命のやりとりをする気はない」

蔵人が低く、告げた。

「わかっている。殺すつもりなら、おれは、生きてはおらぬ」

さすがに柳生道場の師範代を勤める者であった。庄司喜左衛門の声は、わずかの震えも帯びていなかった。

「立ち合い所望」

庄司喜左衛門は凝っと蔵人の面を見据えた。蔵人も見返す。

しばしの間があった。

庄司がいった。

「結城蔵人、といったな。おぬし、柳生家に遺恨でもあるのか」

「遺恨はある」

「何っ」

蔵人を探るように見据えて、つづけた。

「遺恨の中身、聞かせてもらえぬか」

「話してもよい。が……」

「が……?」

「柳生道場では御免だ。むざむざ虎穴に入るようなものだからな」

「わかった。場所はまかせる」

庄司喜左衛門は、

「これを道場に」

と、韜竹刀を門弟のひとりに渡した。向き直って、告げた。

「結城殿、どこへなりと参ろう。おぬしの都合のいいところで話を聞こう」

「大小は帯びないのか」

「さっきもいったが、柳生新陰流は他流試合を禁じている。勝負もせぬのに刀など無用の物だ。それと」

にやり、と不敵な笑みを浮かべた。

「おぬしも無腰の者を斬ろうとはおもうまい」

つられて蔵人も、笑みを洩らした。

「少し歩くが溜池《ためいけ》へ行くか。あそこの岸辺なら見知った顔と会うこともあるまい」

「よかろう。ひとつ頼みがある」

「頼み？」

「武士の情けだ。看板は、せめて裏返しにして持ち運んでくれ」

「わかった」

蔵人は柳生道場の看板を、文字が見えぬよう裏返しにして、再び小脇に抱え込んだ。


溜池の岸辺に群生する葭《あし》が、木枯らしに吹かれて揺れている。

岸辺に腰を下ろした、結城蔵人と庄司喜左衛門の姿があった。蔵人から柳生流十字手裏剣にかかわる顚末《てんまつ》を聞き終えた庄司喜左衛門は、うむ、と首を捻った。

「柳生道場の門弟のなかに、赤猫の捨蔵という、盗っ人の一味にくわわる不心得者がいるとはおもえぬが」

「このところ赤猫の捨蔵一味が、江戸市中を荒らし回っている。少しは人の役に立ちたい、とおもってな。時折、夜廻をしているのだ」

「おぬしと斬り合った黒装束は三人。そうだったな」

「そうだ」

「何もかも解《げ》せぬ。武器倉は厳重に警戒されている。お許しがなければ藩士といえども入れぬ。柳生道場の門弟など近づくこともできぬ」

「しかし、柳生流十字手裏剣を投げつけられたのは事実だ。あやうく命を落とすところだった」

「叩き落とした柳生流十字手裏剣、いま持っているか。是非にも見たい」

「身共の話が信用できぬようだな」

「そういうわけではない。ただ、殿にお話しする前にこの眼で見てみたい、とおもってな」

「いまは、あるところに預けてある。そのうち見せてやる」

「とりあえず武器倉を調べてみる。武器の管理は厳しい。柳生流十字手裏剣が紛失していたとなると、武器を管理する役向きのなかには、切腹を命じられる者も出てくる」

「調べたら知らせてくれ」

「戻ったら、すぐに調べにとりかかる」

「ところで看板だが」

「欲しければ持っていけばよい」

訝しげに黙り込んだ蔵人に、告げた。

「看板など、新たに作り直せばよい。殿はきっと、そう仰《おつしや》るだろう。そういうお方だ」

「役立たずの代物に成り下がる恐れがあるのか、この看板は」

庄司喜左衛門は微笑んだだけだった。

「看板、お返し申そう。ただし、約束は守っていただく」

「武士に二言はない。看板を返してもらっても、もらわなくとも、探索の結果はしかと知らせる。柳生家にとっても迷惑な話だ」

蔵人は庄司喜左衛門を信じる気になっていた。看板を持ちあげて手渡した。

溜池の岸辺を蔵人はゆっくりと歩いていた。庄司喜左衛門と別れてから、ゆうに小半刻は過ぎている。柔らかな日差しと思い出したように吹きつける風が、水《みな》面《も》に陽炎《かげろう》の煌《きら》めきを作り出している。

蔵人は、歩きながら思案するのが好きだった。

柳生道場の看板は、庄司喜左衛門へ返してやった。柳生流十字手裏剣について調べた結果を知らせてくるかどうか。出たとこ勝負としか、判じざるを得なかった。

（きっと知らせてくる）

蔵人の心が、そう語りかけてくる。不器用そうな、世渡り下手の男とみえた。蔵人の、嫌いな気質の男ではなかった。

（賽《さい》は投げた。後は待つだけだ）

蔵人は、視線を水面に流した。

溜池は満々と水を湛《たた》えていた。その向こうに、徳川将軍家の産土神《うぶすながみ》で、江戸随一の大社といわれる星《ほし》ノ山《やま》日《ひ》吉《え》山王大権現社《さんのうだいごんげんしゃ》が、境内のこんもりと繁った木々の間から垣間見えた。

赤坂《あかさか》御門へ向かっていた蔵人の足が止まった。水辺で、髪を総髪に結った三十半ばの絵師とおぼしき男が、しきりに絵筆を動かしている。

興をそそられた蔵人は足音を消して歩み寄った。背後から覗《のぞ》き見る。どこかで見たような筆遣いだった。記憶をたどったが、どこで見たのか思い出せなかった。

気配に気づいたのか、男が振り返った。目鼻立ちのはっきりした、端正な顔立ちの男だった。

「なかなかのものだな」

蔵人のことばに、男は、はにかんだような微笑みを返し、軽く頭を下げた。それだけだった。すぐに向き直り、筆を動かして景色を写し始めた。

蔵人は、少しの間、そのままでいた。

男は、風景を描くのが好きなのか、振り向こうともせず筆を走らせている。

強い風が一陣、吹きつけて来た。水面にさざなみが立った。

落葉が肩に降りかかった。小袖についた落葉を払い落として、蔵人は、再び歩き始めた。

第二章　鏖《おう》　殺《さつ》

一

蔵人は、おもいたって平右衛門町の水月へ足を向けた。江戸橋を渡りかけて足を止めた。

おそらく魚河岸《うおがし》などへ荷を運ぶのであろう、日本橋川を、山と荷を積んだ小船が上っていく。空船《からぶね》が下っていくところをみると、今日の仕事おさめの荷を積みに戻るのかもしれない。

ぶつかるのではないか、とおもわれるほどの混雑ぶりで、上り下りの船が行き交っている。

欄干の際に立ち、見上げた空はすでに茜《あかね》に染まりかけていた。歩きつづけてきたせいか微かに汗ばんでいる。頰《ほお》をなでた、一瞬の川風が心地よかった。

河岸に植えられた柳の木が重たげに枝を垂れている。

ふだんなら、橋の上は、よく風が通る。が、今は、そよとも吹きつける気配さえなかった。

蔵人の胸中に、ふと湧いたおもいがあった。

(今夜あたり、赤猫の捨蔵一味が出るかもしれない)

赤猫一味と遭遇した、長崎屋が押し込まれた夜のことを思い起こしていた。あの日も、昼間から風がなかった。旗本・太田嘉兵衛の屋敷が押し入られた夜に風が吹いていたかどうか、蔵人の記憶はさだかではなかった。

幕府天文方あたりの記録に、あたるべきかもしれない。万が一、赤猫一味が押し込みを働いたのが、無風のときに限られているとすれば、それはそれで何らかの意味が秘められていることかもしれないのだ。

蔵人は、軽く息を吐いた。重く沈殿していた混迷のおもいが薄らいだ気がする。

柳原土手《やなぎわらどて》へ向かい、神田川に架かる和泉橋を渡ると、ほどなく平右衛門町の水月となる。陽のあるうちに着けるはずであった。

蔵人は、ゆっくりと欄干から離れた。

水月に着き、声をかけると仁七が顔を出した。少し前に帰ってきたばかりだという。

「昔の仲間の伝手《つて》を頼って、柳生道場の近くで蕎麦屋を開いている老爺を見つけだしやした。十年前まで盗っ人で、かなり荒くれた暮らしをしていた、という噂で」

「そのような昔を持つ男なら、きな臭いものを嗅《か》ぎ分ける力が並みの者より強いであろうな」

蔵人の物言いに、仁七が、にやり、とした。

「そこが狙いの筋で」

「その顔つきなら、おもわぬ収穫があった、とみゆるな」

「へい。柳生道場には始末に悪い家来がふたりほどいるそうで」

「名は」

「赤井《あかい》禄郎《ろくろう》に小高《おだかう》兎策《さく》。番方組のお方だそうで」

「柳生家は大名とはいえ、石高一万石の小藩。江戸詰めで番方といえば、武器倉の番人も見廻役も、すべての雑務をこなす役向き、とみても大外れではないな」

大名と大身旗本の線引きは石高によって決まった。一万石からは大名、満たないものは旗本として遇せられた。柳生家は、いわば、旗本に毛の生えた、末席を汚す、ぎりぎりの大名といえた。

当然、加賀《かが》の前田《まえだ》、仙台《せんだい》の伊達《だて》、長州《ちょうしゅう》の毛利《もうり》、薩摩《さつま》の島津《しまづ》などの大藩の江戸屋敷における役職の振り分けと小藩のそれは、おおいに違った。職務のいくつかをひとりの家来がこなすのは、小藩では当たり前のこととされた。

柳生道場の庄司喜左衛門は、

「柳生流十字手裏剣が、武器倉より紛失したか否《いな》かを探索し、結果を知らせる」

と、約定《やくじょう》してくれた。が、それがいつになるか、見極めはつかなかった。庄司喜左衛門の返答を、ただ待っている、というわけにはいかなかった。

仁七が聞き込んできた柳生道場の始末の悪いふたりは、存外、向後の探索に役立つ拾いものかもしれなかった。

「赤井禄郎と小高兎策の人相風体《ふうてい》。動きの範囲を調べてくれ。そのうち、人知れず身柄を押さえて、詰問《きつもん》する仕儀になるかもしれぬ」

「わかりやした。数日もすれば、復申できるとおもいやす。ところで、旦那《だんな》はこれから、どうなさるんで」

蔵人のなかで水月へ向かう道すがら、少しずつ固まっていった考えがあった。

「これから駿河台の屋敷地の夜廻に出かけるつもりだ」

「それならおのこと、夕餉をここで食べていかれたら。腕によりをかけて、うまい飯をつくりますぜ」

「手数をかけて、すまぬ。遠慮なく馳走《ちそう》になる」

仁七が、にやり、とした。顔つきが悪戯《いたずら》を仕掛ける悪餓鬼《わるがき》に似ていた。

「旦那、ただより高いものはない、っていいますぜ」

「おれは、金には無縁の者だ」

「そいつは、お互いさまでさ。聞いてほしいことがありますんで」

「なんだ」

「夜廻にご一緒させてもらいてえんで」

蔵人は、黙った。昔鳴らした凄腕の盗っ人、といっても仁七は町人育ち。まともに剣の修行をしたことなど、なかった。度胸だけが売り物の、喧嘩《けんか》剣法であった。それなりに腕のたつ仁七ではあったが、蔵人が対決した赤猫の捨蔵一味の業《わざ》前《まえ》とくらべると数段劣った。もしも先夜の凶盗たちと斬り合うことになったら、仁七の命を守りきる自信は蔵人にはなかった。が、いったんいい出したら梃子《てこ》でも退《ひ》かぬ仁七の気性を知り尽くしてもいた。

連れて行くしかあるまい、と蔵人は腹をくくった。しかし、いうべきことはいっておかねばならぬ、とも、おもった。

「連れていこう。ただし」

「ただし、なんですかい」

「斬り合いになったら、どこぞに身を隠し、おれに何があっても加勢はせぬ、と約束できるか」

「そいつは、できねえ相談だ」

「なら、連れて行けぬ」

「旦那ぁ、殺生《せっしょう》な、一度は連れていくと仰ったじゃねえですか」

「裏火盗の頭領としての命令だ。おれが斬られて倒れたら、かまわずに、赤猫一味をつけろ。本拠を突き止めて、多聞さんに報告して指示を仰ぐのだ。さすれば、赤猫一味を一網打尽にできるかもしれぬ」

「旦那……」

「約束、できるな」

「御頭の命令、そういうことですかい」

「そうだ」

「命令とありゃ、仕方ねえ。そうしやす」

不服そうに顔を背けた。

「うまい飯を、頼む」

かまわず、微笑んだ蔵人へ、

「へい。まかしといておくんなさい」

気を変えて仁七が、いつもの癖の、唇を歪《ゆが》めた笑みで応じた。


駿河台の旗本屋敷の建ちならぶ一角に、蔵人はいた。すでに四つ半（午後十一時）は過ぎている。いまのところ、何の異変もなかった。

少し離れてついてきていた仁七が立ち止まった気配に、蔵人は足を止めた。ゆっくりと振り向く。

仁七は横たわり、通りに耳をつけていた。長年の盗っ人暮らしで身につけた、人並み外れた物音を聞き分ける力が、足音でもとらえたのかもしれない。

蔵人は凝《じ》っと、待った。

仁七が顔を上げた。眼が据わっていた。起きあがって、低く、告げた。

「何人かの、入り乱れた足音が。この近く、向こうの方で。音は一カ所に集まっておりやす。どなたかのお屋敷の中で騒ぎがおこってるんじゃねえかと」

仁七が指さした。

眼を凝《こ》らすと、微かに、立ち上る煙がみえた。

「仁七、足音を殺した走り方でつづけ。身を隠して事の成り行きを見守れ。決して手出しはならぬぞ」

いうなり、蔵人は煙に向かって走り出していた。わずかに遅れて仁七がつづいた。

蔵人は走った。

行く手に、白煙に火の手が混じった旗本屋敷が見えた。ぼんやりと浮かび上がった大屋根の広さから判断して、三千石以上の大身旗本の住まいとおもえた。

塀を乗り越えて、黒装束たちが屋敷内から表の通りに、次々と飛び降りるのがみえた。そのうちの数人が布袋を背負っているところをみると、めぼしい物を盗み取ってきたに相違なかった。

蔵人は胴田貫を引き抜き、右手に下げて走り寄った。

迫る足音に気づいた、布袋を背負った黒装束のひとりが振り返った。その脳天に、跳躍した蔵人の大上段から振り下ろす一刀が叩きつけられた。

黒の強盗頭巾《がんどう》を血に染め、低く呻いて倒れた、黒装束が取り落とした布袋を別の黒装束が駆け寄って手に取った。

蔵人は斬りかかった。が、その切っ先はむなしく空《くう》を切った。別の黒装束は、刃《やいば》をかいくぐるようにして横へ飛んでいた。身軽な動作だった。

蔵人は、踏み込みながら、大きく刀を返した。襲いかかる素振《そぶ》りをみせた左右の黒装束への牽制《けんせい》の一撃だった。

蔵人の計算どおり、左右の黒装束は数歩、後退《あとずさ》った。

右八双に構えて斬りかかった蔵人の胴田貫を、脇から突き出された大刀が受け止めた。

蔵人は、瞠目《どうもく》した。

まさしく、胴田貫であった。蔵人の愛刀《もの》より、わずかではあるが、太さと長さが勝っていた。蔵人の胴田貫でも並みの刀より、はるかに重い。刀身の肉厚さ、長さともに蔵人の愛刀をしのぐ胴田貫で、上から振り下ろした一撃を、微動だにせずに受け止めた膂力《りょりょく》は、常人を遥かに超えた恐るべきもの、といわざるを得なかった。

蔵人は、後方へ飛んだ。正眼に構え直す。相手の腕力が計り知れないものに感じられたからだった。下から持ち上げられ躰が浮くようなことがあれば、そのまま刀身を滑らせて迫った敵の胴田貫の刃先が、蔵人の皮膚を、肉を切り裂くかもしれなかった。

胴田貫を手にした盗っ人も、強盗頭巾で顔を隠し黒装束で身を包んでいた。屋敷を焦がす炎が夜空を赤々と染め始めた。引き上げる間際に火をつける。あきらかに赤猫の捨蔵一味のやり口だった。

黒装束は十数名ほどいた。塀を乗り越えたまま動きを止めていた。蔵人が斬り倒した賊の亡骸《なきがら》を一味のひとりが抱き起こし、背負っているのが胴田貫の黒装束の向こうにみえた。

完全に背負い終えた気配を察したのか、胴田貫の黒装束が柄から左手を離し、去れ、といわんばかりに手を振った。

わずかに生まれた虚を、蔵人は見逃さなかった。右八双から一気に斬り込んだ。正眼につけていた胴田貫の黒装束は、負けじと刀身を叩きつけた。

石が砕けるような音が響いた。火花が飛び散る。二度、三度と刀をぶつけ合わせ、ふたりは飛び下がった。

蔵人は正眼に構えた。手が痺《しび》れていた。感触が失われている。腰で、胴田貫を支えているような感覚にとらわれていた。

黒装束も正眼に構えていた。姿勢からみて、蔵人と同じように躰の一部の感触が、なかば失われている状況にあるとおもえた。

しばしの睨み合いがつづいた。

と……。

炎の上げる轟音にまじって、笛が鳴り響いた。

小網町の長崎屋近くで聞いた、もの悲しさを秘めた、哀切の念を沸々とさせる草笛に似た音色だった。

それが引き上げの合図だったのか、黒装束が胴田貫を構えたまま後退った。

蔵人は、動かない。いや、動けなかった。

蔵人は、視線を塀屋根へ走らせた。

塀屋根の上に、姿勢を低くした黒装束が、十字手裏剣を投ずる身構えで蔵人を凝視していた。

赤猫の捨蔵一味の足音が遠ざかり、消えていった。

その音を聞き分けたのか、塀屋根上の黒装束が屋敷内へ飛び降りた。おそらく屋敷の庭を横切って、別の場所から逃れ出るのであろう。

蔵人が胴田貫を鞘におさめるのを見届けて、仁七が塀の切れ目から駆け寄ってきた。

「旦那、冷や冷やしやしたぜ。赤猫の捨蔵、どこで子分を見繕ってきたのか、たいした腕利きぞろいだ」

「胴田貫を操っていた。それも、おれのより一回り大きいやつだ」

蔵人の眼は、赤猫の捨蔵一味が逃げ去った方に据えられていた。

仁七は、ちらりと蔵人に視線を走らせ、黙った。仁七の眼からみても、胴田貫の黒装束と蔵人は五分《ごぶ》の業前、とおもえた。この先、ふたりは何度も戦うことになるだろう。

（そのうち相討ちになるかもしれねえ）

仁七の、偽らざる見立てだった。

屋敷に火が燃え広がったのか、夜空が赤黒く染まりかけている。

蔵人は、勢いを増した火の手を凝然と見つめていた。炎は天へ向かって昇っていた。風がない証《あかし》、とみえた。

赤猫の捨蔵が、風のない日を狙って押し込んでいるのは決して偶然ではない、ともおもえた。蔵人の知るかぎり、少なくとも三度、それはつづいているのだ。

（明日にも、柴田を幕府天文方に差し向け、日々の天候記録をあたらせねばなるまい）

　蔵人は炎の動きのひとつも見逃すまいと、身じろぎもせずに見据えた。

二

　翌早朝、蔵人は住まいの濡れ縁に坐していた。昇る朝日が、まばゆいばかりの光を発している。その陽光を弾き返して、さらに煌《きら》めくものがあった。胴田貫である。

　蔵人は懐紙を口に挟み、刀身に見入っていた。数カ所に微かな刃こぼれがあった。かつてないことだった。黒装束の振るった胴田貫の打撃によって、つけられたものに相違なかった。このことは、黒装束の胴田貫が蔵人の愛刀より硬度が高いことを意味する。何度か打ち合ううちに叩き折られる恐れがあった。

（研ぎに、出すか……）

　頭をよぎった考えを、次の瞬間、打ち消していた。刀は研ぎに出すたびに強度が落ちていく。胴田貫を使う相手が赤猫の捨蔵一味であれば、必ず対決することになる。並みの刀では、とても太刀打ちできるものではなかった。

（出来うる限り刃を合わせず、戦うしかあるまい）

はたして、それができるか。蔵人は胴田貫を鞘におさめながら、黒装束の太刀捌《さば》きをおもい浮かべた。

不思議な剣法だった。おそらく自己流で剣を修得し、その上で、忍術の剣法を学んだのであろう。斬り合った、別の黒装束たちの剣技と酷似していた。

蔵人は、胴田貫の黒装束との戦いを一手一手、繰り返し、たどった。どうしたら勝てるか。思考がその一点に絞られたとき、声がかかった。

「御頭」

顔を向けると、庭先に柴田源之進が立っていた。

蔵人は、夜廻からもどると、その足で柴田源之進の住まいへ行き、

「急ぎ話したきことあり。目覚められたら拙宅に来られたし　結城」

と走り書きした書付を表口に挟み込んでいた。

そのあと、一刻（二時間）ほど仮眠をとった蔵人は、朝日が昇ると同時に起きだし、濡れ縁で胴田貫をあらためていたのだった。

「急ぎの用とは」

柴田の顔は、寝起きのそれではなかった。緊迫がみなぎっている。

「常に戦陣に在り」

との意識を持ち続けている証でもあった。

「昨夜、駿河台の旗本屋敷の建ちならぶ一帯を夜廻した」

「赤猫一味と出くわしたのですな」

「そうだ。襲われたのは旗本三千石、久保《くぼ》釆女正《うねめのしょう》様の御屋敷だ」

「先夜、押し込まれた甲賀坂の太田嘉兵衛殿の屋敷とは、目と鼻のところではありませぬか」

「昨夜も、風がなかった」

「風がなかった、ですと」

「浪人と見まがう風体ゆえ、あらぬ疑いをかけられては面倒と、火の手が上がるのを見届けて引き上げてきたが、おそらく類焼はあるまい。炎が天空に向かって燃えさかっていた」

「長崎屋が襲われた夜も風がなかった、といっておられましたな」

蔵人が、無言でうなずいた。

「幕府天文方においては、日々の風のあるなし、について記録にとどめてあるはず。いままで赤猫の捨蔵一味が押し込みを働いた日々について調べる必要があるのでは」

「異国を描いたとおもわれる浮世絵の探索を中断することになるが、やむを得まい」

「この刻限なら、急げば相田殿も火盗改メの役宅におられるはず。打ち合わせて天文方へ向かうよう段取ります」

「おれも、長谷川様に昨夜のこと、報告し、指示を仰がねばならぬ。他に緊急に対処せねばならぬこともあるでな」

蔵人は立ち上がり、胴田貫を腰に帯びた。


一刻（二時間）後、柴田源之進は清水門外の火付盗賊改方の、相田倫太郎の住まう長屋にいた。

寝惚《ねぼ》け眼《まなこ》をこすりながら、相田倫太郎が柴田の話に聞き入っていたころ、蔵人は奥の座敷で平蔵と向かい合って坐っていた。

「久保采女正様の屋敷に、赤猫の捨蔵一味が押し入ったと申すか」

ことばを切って、平蔵は空を見つめた。記憶の糸を手繰っているような顔つきだった。

「久保様は、先年、勘定方組頭の職を解かれ、いまは寄合組組下のはずであったな」

蔵人が応じた。

「先夜押し込まれた太田様も、以前は勘定方を拝命しておられましたな。いまは、久保様同様、寄合組組下でございました」

「そうであったな。田沼時代に勘定方組頭、勘定方をそれぞれ拝命したふたりが赤猫一味に襲われた。賄《まいない》づけの金権政治の頃に、銭金を扱う勘定方に与《くみ》した者ち、さぞ貯め込んだに違いない、と悪党どもに狙われたのかもしれぬ」

平蔵の片頬に皮肉な笑みが浮いていた。久保采女正も太田嘉兵衛も就いていた役職からみて、賄として、かなりの裏金を手にしたことは十分、想像できた。

「いかがいたしましょう」

「いまは、止《や》めておこう」

平蔵の答は理解しがたいものだった。

蔵人は、久保采女正の屋敷の探索へ出向くかどうか、問うているのだ。太田嘉兵衛の屋敷も探索した。久保采女正の屋敷を調べぬ、とは道理にあわぬではないか。

　蔵人のおもいを察知したのか、平蔵が笑みを含んで、いった。

「旗本屋敷が押し込まれたのだ。どうせ御老中首座よりお呼び出しがあろう、とおもうてな。支配違いのこともある。急いで動けば、何かと面倒なことになりかねぬ」

「たしかに」

「他に、話があると申したな」

「柳生流十字手裏剣にからむことで」

「今度は、柳生家か。支配違いつづきで厄介なことだ」

　言葉とは裏腹に平蔵の目は、話のつづきを促していた。

　蔵人は柳生道場へ乗り込んだこと、庄司喜左衛門に、柳生流十字手裏剣について柳生家内部を調べるよう約定させたことなどを、語って聞かせた。

　一言も口を挟まず聞き入っていた平蔵だったが、話が終わると、いった。

「柳生流十字手裏剣を渡しておこう。わしの手元にあるより、蔵人、そちが所持している方が向後、何かと役に立ちそうだ」

「これより柳生道場へ再度乗り込み、柳生流十字手裏剣を使って、庄司喜左衛門に揺さぶりをかけるつもり」

「決して無理はするなよ。相手は何度も大目付を勤めた柳生家、極秘裏に公儀隠密の任につくこともある、との噂もある黒い評判の絶えない一族だ。うるさい、と感じたら、手段を選ばぬ相手かもしれぬぞ」

「心得ております。厄介事は出来うるかぎり避けるつもり。なれど、そうもまいらぬ時もありまする。探索し、事件を解き明かすが裏火盗の務め。お務めが第一と決めております」

蔵人は、平蔵を正面から見つめた。


その日の昼近く、柳生道場の武者窓から門弟たちの稽古を覗き見る、深編笠をかぶった、鉛色の小袖に鳶色の袴といった、いかにも武芸者然とした浪人風がいた。

稽古をしていた門弟のひとりが気づいて、武者窓に歩み寄り、

「見せ物ではない。失せろ」

と居丈高に告げた。

が、浪人風は動かない。さらに何度も声をかけたが、浪人風は一向にその場か

ら去る様子をひとつも見せない。業を煮やした門弟は、手にした韜竹刀《ふくろしない》を浪人風めがけて、武者窓の隙間から突き出した。

浪人風は韜竹刀を、むず、と摑むや、捻り上げた。

「おのれ、小癪《こしやく》な」

門弟が韜竹刀を取り戻そうと力を籠めた。瘧《おこり》のように躰が震えた。

ひょい、と浪人風が韜竹刀を離した。

門弟が派手な音を立てて、転がった。稽古していた数人が、体当たりをくって、よろめき、あるいは転倒した。

異変に、武者窓近くに他の門弟たちが群がった。代稽古の高弟・庄司喜左衛門は、門弟たちを鎮めようと歩み寄った。

「何事だ。稽古にもどれ」

庄司喜左衛門の声に、門弟たちが後退った。門弟たちを割るようにして武者窓に近づいた庄司の足が、ぴたり、と止まった。

凝然と浪人風を見据える。

しばしの間があった。

「……おぬしか。相変わらず人騒がせな御仁《ごじん》だ」

浪人風が深編笠の縁に手をあて、持ち上げた。深編笠の下から現れたのは、まさしく結城蔵人の面《おもて》であった。

「先日約定の返答、聞きにまいった」

「着替えてくる。道場の門前にて待たれよ」

庄司喜左衛門は、背中を向けた。


藍《あい》の小袖に茶の袴といった出で立ちに着替えた、庄司喜左衛門と蔵人は、愛宕《あたご》山《やま》にいた。

愛宕山に鎮座する愛宕神社は、東照大権現徳川家康公が、関ヶ原の役の戦勝を祈願したと伝えられる徳川家ゆかりの宮であった。

頂上にある本殿まで石段がのびている。

ふたりは、頂上近くの石段脇の草むらに立っていた。

眼下に建ちならぶ、大名や大身旗本の大屋根が日差しを浴びて、黒い光を発している。右手には浄土宗の大本山、三縁山増上寺の大伽藍《だいがらん》が、将軍家菩提《ぼだい》寺の威容を誇らかに示して聳えていた。

「柳生家は代々、将軍家剣術指南役を勤める家柄だ」

妙に重苦しい庄司喜左衛門の物言いだった。

「おれは柳生流十字手裏剣を投じられ、危うく命を落とすところだった。柳生道場の誰かが盗っ人一味に加担している、としかおもえぬ。いや、将軍家剣術指南役が門弟に命じて盗っ人をやらせている、と疑られても仕方がないのではないかな」

「言葉が過ぎるぞ。殿を愚弄《ぐろう》することは許さぬ」

蔵人は皮肉な目つきで庄司喜左衛門を見つめた。

「見ろ」

懐から袱紗《ふくさ》包みを取りだし、開いた。

「これは」

袱紗にくるまれていたものを見て、庄司喜左衛門が息をのんで、呻いた。

「見ての通り、柳生流十字手裏剣だ」

「これが、投じられたものだというのか」

「そうだ」

庄司喜左衛門が手を伸ばし、袱紗ごと柳生流十字手裏剣を奪い取ろうとした。

蔵人は、肘で庄司喜左衛門の手首を撃とうとした。が、さすがに柳生道場の高弟だった。紙一重のところで手を引き、半歩、後退って、いった。

「柳生道場の膿《うみ》は柳生の手で出しきる。手出しは無用に願いたい」

「できぬ相談だな。おれは命を奪われようとしたのだ」

「すべては柳生道場の問題。道場の面子《メンツ》にかけて、事は処理する」

「……どうやら柳生の殿様から、秘密裏に処置せよ、と命じられたようだな」

庄司喜左衛門は応えなかった。大刀の柄に手をかけた。

ちらり、と視線を走らせ、蔵人はいった。

「腕ずくで、おれの口を封じようというのか。他流試合を禁じている柳生流とやりあえるのだ。喜んで相手になるぞ」

庄司喜左衛門の手が、力なく柄から離れた。

「その気はない。どう始末をつけたか、近々、必ず知らせに行く」

「長くは待てぬぞ。痺《しび》れが切れたら、しかるべき筋へ、証の柳生流十字手裏剣を添えて、柳生道場の門弟が盗っ人の一味に加担して悪のかぎりを尽くしている、と訴え出る所存だ」

「出来るだけ早く処置する。柳生道場にあらぬ疑いがかかるよう仕組んだ、赤猫の捨蔵一味も許さぬ」

「口は重宝なものだな。何とでも言える」

庄司喜左衛門が、無言で見据えた。

蔵人が、言葉をついだ。

「先に石段を下りろ。先にたったら、背後から斬りつけられる恐れがあるからな」

「拙者はそんな卑怯者《ひきょうもの》ではない。いずれ、また、会うことになるだろう」

鋭い一瞥を蔵人にくれ、石段へ足を踏み出した。

蔵人は、庄司喜左衛門の後ろ姿を凝然と見据えた。

隙がなかった。

蔵人は、庄司喜左衛門が石段を下り終え、姿が見えなくなるまで、金縛りにあったかのように、その場に立ち尽くしていた。

三

蔵人の足は、いつの間にか溜池に向いていた。柴田源之進が行っている、長崎屋や太田嘉兵衛の屋敷の焼け跡に残されていた、異国の風景を描いたと思われる浮世絵の燃え残りにかかわる探索は、まったくといっていいほど進展していない。

今日、柴田は相田倫太郎とともに、赤猫の捨蔵が押込みを働いた日々の風の有る無しを調べるために天文方へ出向いて、浮世絵の探索は滞っているはずであった。

蔵人の脳裏に浮かんでくるものがあった。

溜池の水辺で景色を写していた絵師のことであった。描く筆致に、どこやら、異国の風景を写した浮世絵と、似通ったところがあるように感じられた。

蔵人に絵心があるわけではない。むしろ、剣の修行に明け暮れた日々があるだけで絵とはまったく無縁の者であった。

が、何となく、感じるのだ。

不思議な、説明し得ぬ感覚、といってよい。

（ただの思いこみ、錯覚にすぎぬかもしれぬ。しかし……）

蔵人のなかで、あの絵師が、どこの何者か知りたい、とのおもいが次第に膨らんでいった。

絵師は、前と同じところで風景を描いていた。蔵人はとくに足音を消すでもなく、ゆったりとした歩調で近寄っていった。描かれた絵を覗き見しやすい斜め後ろの位置で足を止めた。気配は感じとっているはずであった。が、絵師は、振り向こうともしない。しきりに絵筆を動かしている。

蔵人は、仕上げられていく風景画にじっと見入った。

絵師が、池に広がる波紋を細く描きいれた。たおやかな冬の陽に映えて、きらびやかに揺れ動く水面のさまが、物の見事に写し出されていた。

絵師が、傍らに置いた筆洗で筆を洗い、筆筒に入れた。かすかに躰をひねり、振り向いていった。

「絵がお好きなようですな」

顔に微笑みがあった。

おもいがけぬ展開に蔵人はとまどい、ただ、頷いただけだった。

絵師が言葉をかさねた。

「先日も後ろに立たれて、しばし見ておられました」

「気づいて、おられたのか」

「筆をとっているときは、気が研ぎすまされておりますので、いつもより感じるのかもしれません」

「……仕事の邪魔をしたのかもしれぬな」

片づけた道具を風呂敷に包みながら絵師がいった。

「気づいていても素知らぬ風を決め込みますので、お気になさらないでくださいまし」

風呂敷を結び終え、顔を上げて、いった。

「住まいは近くでございます。裏長屋のむさくるしいところですが、おいでになられませぬか」

「お言葉に甘えるとするか。浮世絵にかかわる四方山《よもやま》話など聞かせてもらいたい」

「おやすい御用で」

立ち上がり、告げた。

「私は松風彩麿《まつかぜあやまろ》。美人画を得意とする浮世絵師でございます」

深編笠の端を持ち上げて、応えた。

「結城蔵人。爾今《じこん》、お見知りおきくだされ」


松風彩麿は、溜池の岸辺を、先に立ってゆっくりと歩いていった。肩をならべた蔵人も歩みをすすめる。

満々と水をたたえた玉川上水《たまがわじょうすい》が左手を流れていく。武蔵野《むさしの》を掘り割って、西多《にした》摩《ま》から四谷《よつや》大木戸《おおきど》までつらなる、江戸城や浅草などの下町に水を供給する用水路であった。

松風彩麿は榎坂《えのきざか》から汐見坂《しおみざか》へと下っていった。蔵人とは、とくに言葉をかわすでもなく、前方を見つめたまま、飄々《ひょうひょう》とした足取りで歩いていく。行く手に、つい先刻まで、柳生道場の高弟・庄司喜左衛門といた愛宕山が見えた。

冬の陽は大きく西へ傾いて、一日を、急ぎ足で常より短く終えようとしているかにみえた。蔵人は、わずかに遅れて松風彩麿の背中を見つめるかたちでつづいている。

松風彩麿の住まう長屋・市蔵店《いちぞうだな》は、新下谷町《しんしたやちょう》にあった。路地の奥まったところ、石谷因幡守《いしがやいなばのかみ》の屋敷の裏側の塀に沿った、袋小路のどんづまりに、二軒の長屋が向き合うように建っている。

路地木戸から入ると中は意外に広かった。夏になると青々とした草むらになるであろう空き地があった。そこで、巌流島で剣豪宮本武蔵《みやもとむさし》と試合《しあ》った、燕返《つばめがえ》しを得意とした剣客佐々木小次郎《けんかくささきこじろう》の愛刀「物干し竿」もかくやと思われる、長さ三尺（九十センチ）余の長剣を振り回し鍛錬に励む、年の頃は四十そこそこの髭面《ひげづら》の浪人風の男がいた。傍らで猿回しが猿に芸を仕込んでいる。片隅で鋳掛屋《いかけや》が鞴《ふいご》を使いながら鍋の修理をしていた。

松風彩麿の住まいは、空き地に添って建つ長屋の一番奥らしく、突き進むように歩いていく。やってきた蔵人は足を止めた。髭面の男の膂力《りょりょく》が、蔵人に胴田貫を振るった、赤猫の捨蔵一味の黒装束のひとりを思い起こさせたからだった。

が、その剣法は、あきらかに違っていた。髭面の男の長剣の動きは、薙刀《なぎなた》のそれであった。形こそ長い刀であるが、剣術の作法や基本とは大きくはずれていた。

蔵人は、おもわず苦い笑いを浮かべていた。探索の任にある者が陥りやすい、すべてのものを疑ってかかるという、癖ともいうべきものが作り出した疑心暗鬼、だと気がついたからだった。

蔵人は髭面の男から目をそらし、松風彩麿の後につづこうとした。

と――。

凄まじいまでの殺気が背後から迫った。振り向くと、長剣の切っ先が間近に見えた。蔵人は横転して逃れた。そのまま転がって跳ね起き、胴田貫の柄に手をかけた。髭面の男は、引いた長剣を蔵人に向かって返した。

蔵人は、後退って攻撃を避《よ》けた。避けながら鯉口《こいぐち》を切った。なおも長剣を振り回して斬りかかろうとする髭面の男に、松風彩麿の声が飛んだ。

「そこまでにしてください、弥市《やいち》さん。そのご浪人は私の客人です」

弥市と呼ばれた髭面の男は、動きを止めた。

からから、と笑い、蔵人に告げた。

「腕に覚えがありそうな侍《さむらい》を見ると、ついつい腕試しをしたくなってな。当節は見せかけだけの、剣士ぶった輩《やから》が多い。どうやら、あんたは本物の剣客らしい。久し振りに楽しかったよ」

蔵人が柄から手を離すのを見届けて、松風彩麿が、申し訳なさそうにいった。

「弥市さんは蝦蟇《がま》の油売りを生業《なりわい》とするお人でね。どうも悪戯《いたずら》好きで困る。浮世絵の版元の連中も、あの人の悪ふざけにあって、訪ねてくる回数が減ったほどです」

「いや、なかなかの太刀捌き。かなりの修行を積まれた方と見ましたが、いずれの流儀か、判じかねました。ご存じないか」

「自己流、といってましたが。とはいっても、この市蔵店に住む者たちは昔を話したがらない連中ばかりで」

腰高障子の表戸を開いた。

「男ひとりの所帯。むさくるしいところですが、どうぞ」

「遠慮なく」

蔵人は、表戸へ歩み寄った。


蔵人が市蔵店で松風彩麿と、彩麿描くところの風景画を前に、絵にかかわるとりとめのない話を交わしていたころ、小網町は長崎屋周辺での聞込みを終えた無言《しじま》の吉蔵が、思案投げ首の、難しい顔つきで歩みをすすめていた。

たどる道筋は、浅草新鳥越町二丁目へ向かう方角ではなかった。大川沿いの道を、流れに沿って遡《さかのぼ》り、真先稲荷《まつさきいなり》へ向かっている。

吉蔵は、真先稲荷近くで茶店を営む、幼なじみの巳之吉《みのきち》を訪ねようとしていた。

巳之吉は、かつては韋駄天《いだてん》の巳之吉と二つ名で呼ばれ、身の軽さを売り物に盗っ人仲間では少しは鳴らした男だった。いまは、寄る年波のせいか、その身軽さも失われ、茶店の客へのろのろと茶を運ぶ、ただの親爺《おやじ》に成り果てている。が、それは表向きのこと。実体は、手駒の足りないお頭が必要とする盗っ人を見繕って斡旋《あっせん》する、盗っ人仲間では、知らぬは潜《もぐ》り、といわれるほどの闇の口入れ屋であった。

吉蔵は巳之吉のところへ出向いて、赤猫の捨蔵が手駒の斡旋を頼んできたか、それとなく探りを入れてみようと考えていた。

長崎屋周辺の聞込みは、かんばしいものではなかった。

盗っ人が押込みを仕掛けるときは、引込み役の下働きの女や男を住み込ませたり、間取りを調べるために、按摩《あんま》に化けた一味の者を出入りさせるなど、さまざまな手立てを策する。

もし、引込み役が潜入していたとすれば、押込みの後に、必ず、行方を眩《くら》ます奉公人が最低ひとりは出てくる筈なのだ。

もっとも、長崎屋の場合は、火事で家屋が燃え尽きている。焼け焦げた死体では、顔の判別もむずかしかろう。焼け跡での探索である。奉公人のひとりやふたり、見落としても仕方のないことかもしれなかった。

吉蔵は、蔵人が出くわした赤猫の捨蔵一味が、旗本屋敷に押し込んだときの様子に、どこか違和感を感じていた。

「赤猫の捨蔵一味は、塀を乗り越えて出てきた」

と聞いている。

押し込んだのだ。出ていくときは、裏口から出ればいいではないか。吉蔵なら、そうする。

塀から出る理由が必ずある筈だ、とおもい、それを求めつづけた。が、何も考えつかなかった。

(軽業師《かるわざし》なら、塀を乗り越えたほうが、押し込むにも逃れるにも何かと楽かもしれねえな)

ふと浮かんだおもいが、吉蔵に大きな閃《ひらめ》きを与えた。

押し込むときに用意した仕掛けを片付けるために、出てくるときも塀を乗り越えた。そう考えると、辻褄《つじつま》があう気がした。

赤猫の捨蔵は二年ほど姿を眩《くら》ましていた。その間、どこぞで押し込みを働いていたかもしれない。が、噂が聞こえてこなかったところをみると、それはなかった、と言い切れる。吉蔵の、盗っ人のお頭として押込みを重ねてきた経験が割り出した答だった。

赤猫の捨蔵には、この間、子分たちを手なずけておくだけの資金《もとで》がなかった筈なのだ。火付盗賊改方に盗っ人宿に踏み込まれ、子分たちのほとんどを処断された捨蔵の手駒の数は、どう考えても不足していたに違いない。

広い江戸にも、盗っ人相手の闇の口入れ屋は、数軒もなかった。たとえ巳之吉のところに手駒の斡旋を頼んできていなくとも、口入れ屋仲間をたどれば、誰が、どこの誰に手駒を斡旋したか、わかる。

つまるところ、吉蔵は、

「いま押込みを重ねている赤猫の捨蔵は、かつて悪行を積み重ねた捨蔵とは違う。名だけを騙《かた》った、真っ赤な偽物なのではないのか」

との疑いを持ち始めていたのだった。

隅田川の溶々とした流れに、真先稲荷の社前に建ちならぶ、川魚料理や茶屋の灯《あか》りが映りこみ、水面を渡る風が作り出した波紋に揺れていた。

夏ともなれば、夕涼みを兼ねた遅出の参拝客で賑わっている界隈《かいわい》も、木枯らしが吹く冬の日暮れとあって、人影もまばらであった。

本社の軒をおおって聳える、神木の榎《えのき》が黒い影となって、薄暮の空を切り裂いている。

無言の吉蔵が茶店についたとき、巳之吉は店終《みせじま》いのさなかだった。

「手伝おうか」

かけられた声に振り向いた巳之吉の顔に笑みが浮いた。

「吉さん、か」

「急に昔話をしたくなってね。やってきたんだ」

「奥の座敷で待っててくんな。じき終わるから」

「何をやればいい」

「毎日やってる片づけだ。仕舞う段取りを教えながらやるより、ひとりの方がかえって早いさ」

にやり、とした顔に、盗っ人時代の荒《すさ》みきった面影が宿った。

「邪険なあしらいだね。ことばに甘えて奥で休ませてもらうよ」

勝手知ったる他人の家。吉蔵は、土間を横切って奥へすすんだ。


後片づけを終えた巳之吉は徳利と肴《さかな》を入れた皿、ぐい呑み二つを折敷《おしき》に載せ、吉蔵の前に坐った。

「今夜は泊まっていくんだろう」

「そうだな。そうさせてもらうか」

「たいしたものはないが売れ残った肴がある。腹の足しにはなる筈だ」

吉蔵の前にぐい呑みを置いた。


吉蔵と巳之吉が酒を酌み交わしはじめてから一刻（二時間）ほど過ぎたころ、

「赤猫の捨蔵、このごろ、やけに荒稼ぎしてやがる。しかも、盗っ人の風上にも置けないやり口で、だ」

吉蔵はさりげなく切り出し、正面から見つめた。

「巳之さん、まさか、赤猫の捨蔵に頼まれて、手下を手配してはいないだろうね」

「口入れするも何も、赤猫の捨蔵からは声もかかりゃしねえよ」

「声もかからねえ。おかしいじゃねえか。野郎の子飼いの手下たちは火付盗賊改方の奴らに盗っ人宿に踏み込まれて、一網打尽にあったと聞いたぜ。手下なしでの畜生盗みは、ちと無理じゃねえかい」

巳之吉が身を乗りだした。

「そこよ。おれも気になってな。闇の口入れ屋をやってる仲間たちに聞いてみたんだ」

吉蔵が目を細めた。聞込みが、すんなりとすすみそうな成り行きに、はやり立ちそうになるおもいを抑えるために為した所作だった。

巳之吉がつづけた。

「赤猫の捨蔵に手下を斡旋した奴は、ひとりもいなかったんだよ。捨蔵は、どこで手下たちを見繕ったのかねえ」

目をしばたたかせて首を捻った。

「そうかい。手下を手配したものはいねえのかい」

蔵人からは、一味は十数人、と聞かされていた。

（赤猫の捨蔵は、どこで手下を調達したんだろうか）

吉蔵は、首を傾げた。

四

松風彩麿の住まいにいたのは、一刻（二時間）ほどだったろうか。蔵人は、新鳥越町二丁目へ向かって歩みをすすめていた。

頭のなかでは松風彩麿のことを考えている。

「美人画しか描けないように思われていますが、どちらかといえば、風景画が私の性分にはあっているのです」

といって、江戸府内を写した十数枚の肉筆の浮世絵を見せてくれた。いずれも見事な出来栄えだった。見れば見るほど、長崎屋や太田屋敷の焼け跡から見つけだした、異国の風景を描いた浮世絵風の焼け残りの描き方と、似ているような気がした。

美人画は、茶屋や色里で評判の女たちを描いたものを数枚、見せてくれた。それぞれの女の美しさが、特徴を際だたせて描いてある。蔵人の知らぬ女たちであったが、色香とそれぞれの女の持つ魅力は十分に伝わってきた。

が、蔵人からみれば、風景画のほうが遥かに仕上がりがいいようにおもえた。

そのことを松風彩麿に告げると破顔一笑して、

「それは嬉しい。早く風景画を描かせてくれ、と版元に頼んでいるのだが、美人画のほうが商いになる、といって、なかなか描かせてもらえないんです」

と応えたものだった。

松風彩麿は、蔵人に似て、中背で、どちらかといえば細身の体格だった。切れ長で涼やかな目が印象的な、目鼻立ちの整った、女形《おやま》を当たり役とする役者を思わせる優男《やさおとこ》だった。

気になることがひとつあった。松風彩麿の手には竹刀胼胝《だこ》があった。

「かなり剣の修行を積まれたようですな」

蔵人はあえて問いかけた。

松風彩麿は蔵人の前に、竹刀胼胝がはっきりと見えるように、手を差しだした。

「描きたい風景を求めて、よく諸国を旅します。旅先には悪い奴らもいますでな。自分の身を守るために修行しました。いまでも、出来うる限り木刀を打ち振るようにしております。根が、大の剣術好きでしてね」

蔵人は、

「これほどの竹刀胼胝、なまなかな修行では出来ぬもの。剣に志す身でありながら、己の錬磨の足りなさを、あらためて思い知らされました」

と、真顔で応じたものだった。

(あの躰では、黒装束が用いていた胴田貫は使いこなせまい)

蔵人は、そう推断していた。

蔵人は、胴田貫を使う強盗頭巾の黒装束を思い起こした。体型は松風彩磨と似ている気がする。が、躰から醸し出すものが、まったく異なっていた。静と動、とでもいおうか。

弥市と呼ばれた蝦蟇の油売りの殺気走った顔つきが、突然、脳裏に浮かんだ。

松風彩磨が止めなかったら、どうなったか。

(斬り合う仕儀になったやもしれぬ、な)

それほどまでに激しい、憎悪をぶつけるような剣捌きだった。

弥市には見覚えがなかった。

が、あからさまな敵意を感じたのは事実だった。

蔵人を睨み据えた目の奥底には、怨念《おんねん》の炎が陽炎《かげろう》のように揺らいでいた。

蔵人は、裏火盗の探索のさなか、己が命を守るために敵する者たちを何人も屠《ほふ》ってきた。そのなかに、弥市の身内か親しい者がいたのかもしれなかった。

（取り逃がした盗っ人の一味かもしれない）

鋭い光を放つ、吊り上がった細い目。高い鷲鼻《わしばな》。面長な、見る者に剣呑《けんのん》さを感じさせる弥市の顔立ちは、盗っ人と見立てても、さほどの外れはないようにおもわれた。

松風彩麿が、はじめて言葉を交わした蔵人を住まいへ誘った、その理由を探ろうと考えはじめていた。

「気分ですよ。気まぐれ、といってもいい。上手く描けた、とおもった絵師のこころの動きなど説明のつくものではありません」

松風彩麿は、そう語っていた。

はたして、そうだろうか。

何か、目的があったのではないのか。

いつもながらの、思案のどうどう巡りをつづけているうちに、蔵人は貞岸寺裏の己が住まいに行き着いていた。

行灯《あんどん》が灯《とも》っている。

木村又次郎と真野晋作は本所界隈、安積新九郎と神尾十四郎は駿河台の屋敷地へ夜廻に出かけているはずだった。待っているとすれば、幕府天文方へ出向いた柴田源之進ということになる。

蔵人が表戸を開けて入ると、根深汁《ねぶかじる》の香りが漂ってきた。雪絵が勝手で、お湯を沸かしている。板の間では大林多聞と柴田源之進、さらに仁七が膳に置かれた料理を黙々と食していた。

入ってきた蔵人を見て、雪絵が微笑んだ。

「お帰りなさいませ。夕餉の用意は出来ております」

「頼む」

短くいって、蔵人は土間から板の間に上がった。

蔵人の膳も用意してあった。

以前、多聞から聞いたことがあった。任務のため、帰る予定でいて帰らぬときもある蔵人の夕餉を、雪絵は、つねに用意している、という。

「御頭の躰のことを、いつも気にかけていましてな。わたしにできることは、せいぜいこれくらいのこと、いつ帰られても温かい汁だけは食していただけるよう火種を落とすのは九つと決めております、と雪絵さんがいっておりました」

そのとき、蔵人は、無言で頷いただけだったが、雪絵の心遣いに、しみじみとした感慨をおぼえたものだった。

膳の前に坐った蔵人へ雪絵が声をかけた。

「根深汁がすぐ温まります。皆さんもおかわりしてください」

「頼む」

「おれも頼む」

「あっしにも」

多聞と柴田、仁七がほとんど同時に声をあげた。

折敷に湯気のたつ湯呑みと根深汁を載せた雪絵が、土間から上がってきて、蔵人の膳の上に置いた。多聞たちの空になったお椀を下げて、土間に下りる。

蔵人は根深汁をすすった。

「うまい。冷え切った躰が生き返る」

おもわず、言葉を発していた。多聞が箸を止めて、いった。

「わたしは療養所にいて、患者の診察にあたっている。この寒さだ。外歩きは辛いでしょうな」

言外に、申し訳ない、とのおもいが籠められていた。

「それぞれが、それぞれの役目を全うする。それが裏火盗の決まりだ。皆、十分な働きをしている。おれは、そうおもっている」

蔵人は、言葉を切った。一同を見渡して、つづけた。

「まず夕餉をすまそう。話はそれからだ」

蔵人は根深汁を、さも美味《うま》そうに、ごくり、と喉を鳴らして飲んだ。

「そうか。赤猫の捨蔵が押し込みを働いたのは、すべて風のない日であったか」

座敷では、蔵人と柴田源之進、大林多聞、少し下がって仁七が向き合って坐っている。

蔵人を見つめて柴田源之進が応えた。

「幕府天文方の記録を何度も読み直しました。何度あらためても結果は同じ、無風、と記されておりました」

大林多聞が、横からいった。

「ということは、赤猫の捨蔵は類焼をできるだけ避けうる夜を選んで火をつけた、ということになりますな。何のために、そのようなことを。逃走を上首尾に終えるには、なるべく大火になるよう仕組んだほうがいいようにおもいますが」

「行を共にした相田殿も、そういっておりました。以前の赤猫の捨蔵とはやり口が違う。昔は、風の強い日を選んで押し込んでいたものだが、と、ぽつりと独り言ともつかぬ物言いでしてな」

柴田源之進が応じた。

「風の強い日を選んで押し込んでいた、とな」

呟いた蔵人は、以前、世間話をしていたとき、吉蔵がいったことを思い起こしていた。

「盗っ人は、それぞれ自分の手口、やり口をもっておりましてね。どういうものか、無意識のうちに、自分のやり口で押込みをやってしまう。同じやり口をつづければ、どこの誰の仕業か知れてしまい、足がつきやすくなるってのに、どういうわけか止められない。盗っ人の業みたいなもんですかね」

無言の吉蔵と二つ名を持ち、

「盗みはすれど、非道はせぬ。殺さず。犯さず」

との盗っ人の正道を貫き、大親分と評された男の言葉である。それだけの重みと真実味があった。

「赤猫の捨蔵が、ふたり、いるか」

蔵人は、おもわず独り言《ご》ちていた。仁七が身を乗りだした。

「あっしも、そうおもいやす。やり口からみて、むかしの赤猫の捨蔵と、いまの赤猫の捨蔵はまったくの別人じゃねえかと」

いったん言葉を切って、つづけた。

「盗っ人の世界にどっぷり浸《つ》かった、あっしの勘というやつで、何の証拠もありやせんが」

「しかし、誰が、何のために赤猫の捨蔵の名を騙《かた》って、押込みをやるのだ。畜生盗みの権化《ごんげ》みたいな盗っ人の名を使えば、かえって、町奉行所や火盗改メの追及が厳しくなるだけではないか」

柴田源之進が首を捻った。

黙して聞き入っていた蔵人が、一言、発した。

「火、だ」

「火?」

多聞が問うた。

「そうだ。火、だ。江戸の町は何度も大火に遭っている。建ちならぶ家々は、すべて乾ききった木材で出来ているのだ。一度、火の手が上がると焚き火に枯木をくべれば火勢が増すように炎がまき上がり、強風であれば、たちまち燃え広がる」

蔵人は柴田源之進、多聞から仁七へと視線を流した。

「大火にならずとも、押し込めば必ず数軒以上を類焼せしめた赤猫の捨蔵が、再び江戸で押込みをはじめた。町民たちの火への恐怖は、いやが上にも増すではないか。事実、江戸の町人たちは、いま『いつ大火になるか』との恐怖におののいているのだ」

「恐怖の念が限界に達したとき、町人の怒りが行き着く先は、赤猫の捨蔵を取り逃がした長谷川様へ向けられるのでは」

多聞が呻くように、いった。

「それでは、火付盗賊改方長官の長谷川様を陥れようと、何者かが赤猫の捨蔵の名を騙って、悪行の限りを尽くしているといわれるのか」

柴田源之進が呻いた。

重苦しい沈黙が座をおおった。

ややあって、蔵人が告げた。

「すべて憶測。確たる証拠は何ひとつない。疑惑をひとつずつ解き明かしていく。いまは、それしかない」

柴田源之進、大林多聞、仁七が無言で、大きく顎を引いた。

五

翌夕七つ半（午後五時）すぎ、蔵人は幸橋《さいわいばし》御門近く、伏見町《ふしみちょう》の蕎麦屋［藪八］にいた。仁七とともに座敷の窓際に坐している。

藪八は柳生家藩士、赤井禄郎がよく顔を出す店だった。

昨日のことである。藪八にやって来た仁七は、

「いわば、色仇《いろがたき》といったかかわりあいでね。知り合いの御浪人が柳生家のお侍に大恥をかかされた。このままではどうにも腹の虫がおさまらねえ。柳生のことを調べてくれ、とおいらが頼まれたって寸法さ。なに、迷惑はかけねえ。礼は、はずむから多少の骨を折っておくれでないかい」

そういって、まず一両、亭主の八助《やすけ》に握らせた。

「店での厄介事は御免だぜ」

と、あからさまに迷惑そうな顔をしたものの大金の謝礼がきいたのか、座敷の窓際を指さして、

「なあに、二、三日そこに坐ってりゃ、赤井の奴、顔を出すさ。ただし、場所代だけはいただくぜ」

と手を出したものだった。仁七は乞われるままに、さらに一分金二枚、手渡している。

赤井禄郎が現れたら八助が、それとなく教えてくれる段取りになっていた。

赤井は独り者で、藪八で蕎麦を肴に銚子を数本あけた後、岡場所あたりを冷やかして、深更帰邸するという暮らしぶりだそうな。

「どこでどうやって銭をつくってくるのか、素寒貧《すかんぴん》でいるかとおもうと、翌日には小判数枚を懐にやってくる。まっとうなことをやってちゃ、ああはいかない」

といって、八助老爺が、にやり、と意味ありげな薄笑いを浮かべた、という。

仁七からそんな話を聞かされながら、蔵人は、ちびり、とぐい呑みの酒を口に含んだ。赤井を取り押さえて詰問する。それが目的の張込みであった。深酒は禁物だった。

ふたり連れの、鳥追笠《とりおいがさ》をかぶった門付《かどづけ》の女が、店の前で小気味よい撥《ばち》さばきで三味線の音を響かせている。客のひとりが立って、紙に包んだご祝儀を手渡した。礼のつもりか、もう一曲、披露して去っていった。

この夜は、店終いする五つ（午後八時）まで、赤井が姿を現すことはなかった。蔵人と仁七が藪八から出てくると、店の脇で編笠姿の易者が、提灯《ちょうちん》を載せた台を前に腰かけていた。遊び人風の客が占ってもらっている。易者は筮竹《ぜいちく》を手にしていた。

易者を横目でとらえた蔵人の足が止まった。

ふと、湧き上がったおもいがあった。

貞岸寺の門前には、いつもは見ることのない人形使いが、客を集めて芸をみせていた。

藪八へ向かう道すがら猿回しに出会い、剣呑みや金輪遣いに、久し振りに出くわした。途中、尾行されているのではないか、との疑念を抱《いだ》いたことがあった。が、つけてくる者の気配は、まもなく消えていた。

すべて気のせい、と判じていた蔵人だったが、門付の女たちに易者とつづくと、さすがに偶然ではないような気がしてきた。易者はともかく、町の辻々で芸を見せ、集まった客たちの投げ銭を日々の稼ぎとする者たちが出張《でば》るには、きょう出くわした場所は人出が少なすぎる場所とおもえた。

「忘れ物をした。取ってきてくれ」

「何を、忘れられたんで」

蔵人が忘れ物などしていないことは、百も承知の仁七だった。顔を寄せ、目顔で問いかけてきた。

蔵人が小声で告げた。

「八助に聞いてきてくれ。門付や易者は、いつもここらへんで商いをしているのか、とな」

「わかりやした。さっそく取りにいってきやす」

声高に応え、仁七は藪八へ引き返していった。蔵人は、所在なげに、その場に立ち尽くした。が、目はさりげなく易者とその客に注がれている。ふたりは顔を寄せ合い、何事か話していた。占った結果を告げているのかもしれない。

そのうち、仁七がもどってきて、手拭いにくるんだ忘れ物を手渡すふりをして、耳元でささやいた。

「門付は初顔だそうで。易者は、店を出していることも八助は知りませんでした」

蔵人の脳裏に、松風彩麿の住む市蔵店の空き地の光景が浮かび上がった。猿に芸を仕込んでいた猿回しと、長剣をふるって鍛錬していた蝦蟇の油売りの弥市。弥市は修練の流れを装って、斬りかかってきたのだ。あの剣先には、あきらかに殺気が籠もっていた。

蔵人は、ふっ、と不敵な笑みを浮かべた。

「これでひとつ前にすすめるかもしれぬな」

「易者や門付に、手がかりにつながる何かが隠されてるんですかい」

仁七が、問い返した。

「まだ、わからぬ」

「そいつぁ、どういうことで」

「すべては相手の出方待ちだ」

蔵人は、つけてきた者の気配が途中で途切れたのは、数人一組で代わる代わる尾行してきたためではないのか、と推量していた。大道芸を売り物にする連中がどういう役割を負っていたのか。先回りしたかのように、行く先々で出くわしたのはなぜか。謎が膨らむばかりであった。

が、蔵人のなかで、探索の相手として大きく膨らんだ人物がいた。

浮世絵師・松風彩麿だった。

大道芸を売り物にする輩とつながりがあるのは、蔵人の周辺には松風彩麿ひとりしかいなかった。

（松風彩麿の住まいを足繁《あししげ》く訪ねてみるか）

付き合いを深めることで、相手が思わぬ行為にでるかもしれない、と蔵人は考えていた。

しかし、

（まずは赤井禄郎の身柄を押さえ、詰問するが先決）

であった。

柳生家と赤猫の捨蔵一味はかかわりなし、とわかれば、長谷川平蔵にかけられた手枷《てかせ》のひとつがはずれることになる。そうなれば、裏火盗も心おきなく動くことができるのだ。いかに支配違いに関係なく探索できる蔭の組織といえども、大名家と正面だって争うことは避けるべきであった。

「旦那、占ってもらっていた遊び人が易者から離れやしたぜ」

仁七の声に蔵人は、再び易者に視線を走らせた。

易者は立ち上がり、筮竹などの商売道具を片づけだした。どうやら引き上げるつもりらしい。

「帰るか」

仁七にいい、蔵人は歩きだした。仁七が後につづいた。


翌夕もまた、蔵人と仁七の姿は藪八にあった。暮六つ（午後六時）になってまもなく、八助が銚子を運んでくるふりをして、いった。

「いま入ってきた三一《さんぴん》が赤井でさ」

顎をしゃくった先に、座敷の上がり端の座布団に腰を下ろした、赤井禄郎の姿があった。

赤井は、渋茶の小袖に木賊《とくさ》色の袴という、いかにも江戸詰めの下級武士という風体であった。

「見た目で判断するのはよくねえことだが、懐具合は、あまり豊かじゃなさそうだ。蕎麦屋で下地を入れて、岡場所で安女郎を買うというのが、精一杯の遊びでしょうね」

仁七が小声でいった。

蔵人は、さりげなく見やった。

赤井は銚子を手にとり、ぐい呑みに酒を注《つ》いでいた。前に折敷に載せた蒸籠蕎麦が一枚置かれてある。おそらく夕餉と肴がわりの一品とおもわれた。

中肉中背で、四角い顔の真ん中に低い鼻が鎮座している。分厚い、大きな唇。黒目が落ち着きなく動く細い目の、いかにも小狡《こずる》そうな赤井の顔つきだった。

半刻（一時間）ほどかけて、銚子一本の酒を飲んだ赤井は勘定をすませ、藪八を出ていった。

蔵人と仁七は、わずかに遅れて店を出た。店脇に、いつのまにか易者が店を出していた。

易者を一瞥した蔵人は、早足で赤井の後を追った。歩きながら脇差の鯉口を切る。かねての段取りどおり、数歩遅れて、仁七がつづいた。

赤井が町家の辻を曲がったとき、脇差を抜きながら、蔵人が早足で迫った。赤井に追いつき、声をかけた。

「おれのいう通りにしろ。聞かねば、脇差で心ノ臓を一突きするぞ」

赤井が足を止めた。刀の柄に手をかけたとき、脇差の切っ先が微かに赤井の背に触れた。

「うっ」

びくり、と躰を硬直させ、赤井は柄から手を離した。蔵人は赤井に躰を寄せ、脇差の峰を背に押し当てた。

「柳生家家臣、赤井禄郎だな」

「なぜ、おれの名を知っている」

「訊《き》きたいことがある。怪我をしたくなければ一緒に来てもらおう」

「行かぬ、といったら」

「この場で突き殺すまでのこと」

ふう、と赤井が溜め息をついた。

「つきあおう。どこへゆけばいい」

「御用屋敷近くの空き地」

「考えたな。あそこなら人の気配はない。が、一面の野原だ。人殺しには不向きだぞ」

「命まで奪おうとはおもわぬ。訊くことに応えてもらえば、いいのだ」

赤井は覚悟を決めたようだった。歩きだした。ゆったりした足取りだった。寄り添うようにして蔵人もすすんだ。

（意外なほどの落ち着きよう。赤井禄郎の剣の業前、なかなかのものかもしれぬ

ぞ）

蔵人は、警戒をゆるめることなく赤井につづいた。

俗に久保丁原《くぼちようはら》といわれる空き地の真ん中に、蔵人と赤井禄郎は立っていた。赤井の背に脇差の峰を押しつけたまま、蔵人が問うた。

「屋敷内の武器倉から柳生流十字手裏剣が盗まれた、との噂はないか」

「柳生流十字手裏剣？　おぬし、何者だ。なぜ、そんなことを訊く」

「訊かれたことに応えればよい」

「……思い出した。先頃、柳生道場に道場破りがやってきて、看板を持っていかれそうになったが庄司さんが取り返してきた、と聞いたが、おまえが、その道場破りか」

「ならば、どうする」

「おれと、勝負しろ。真剣で、だ。話はそれからだ」

「断ったら」

「こうみえても柳生家の家臣だ。御家のことは、口が裂けても、洩らさぬ」

「たとえ秘密事でなくても、か」

「当たり前だ。おれには、道場で鍛えられ、たたき込まれた、道を求めて、貫く柳生魂がある。そこらの愚《ぐ》れ者《もの》とは違う」

「道を求めて、貫く、か」

「そうだ。柳生の剣は、ただ技だけを修得するものではない。剣を通じて魂を磨き、道を究めるために修行するのだ。そう、おれは教えられてきた。もっとも、酒と女におぼれ込んだおれが口にすると、おかしな話に聞こえるがな」

微かに含み笑った。自嘲めいた、ひきつった暗い笑いだった。

赤井禄郎には赤井禄郎なりの、根深い懊悩《おうのう》があるのかもしれない。蔵人は、そう推量した。

「悩むことは生きている証だ、と吉蔵がいっていた」

と十四郎から聞いたことがあった。

蔵人は、あらためて赤井禄郎を、しげしげと見つめた。

面擦《めんず》れで鬢《びん》の毛が抜け落ちて、薄くなっていた。相当な修行を積んだ証であった。人並み外れた錬磨に耐えた剣士が何につまずいてか、こころをずたずたに切り裂かれ、迷走し、流離《さすら》っている。

（哀れな……）

命をかけて戦うことで、赤井禄郎の懊悩が取り払われるかもしれない。懊悩は、己の考え方次第で簡単に捨てられる、ということを、蔵人は、自らの経験から体得していた。

同じ剣の道に志した者として戦うことこそが、

「せめてもの武士の情け」

と、蔵人は判じたのだ。

蔵人は、こころを決めた。

「真剣勝負の申し入れ、受けよう」

蔵人は、一歩、後退った。

赤井禄郎は、十数歩前へ走り、向き直って大刀を抜いた。

蔵人は脇差を鞘におさめ、胴田貫を抜きはなった。

赤井禄郎は正眼、蔵人もまた、正眼に構えた。

蔵人がおもったとおり、構えからみて、赤井禄郎はかなりの使い手だった。

「柳生流、赤井禄郎」

「鞍馬古流、結城蔵人」

名乗りあいが、戦いの火蓋《ひぶた》を切る合図となった。

赤井禄郎が、右八双に構え直すや蔵人に向かって駆け寄った。

蔵人もまた右八双に構え、赤井に迫った。

すれ違いざまに激しく刀を叩きつけあい、そのままの勢いで駆け抜けた。

十数歩の間合いで、ふたりは向き直った。中段に構えたまま、じりっじりっ、と間を詰めていった。

切っ先が触れ合う距離に達したとき、赤井禄郎が再び右八双に構え直し、裂帛《れっぱく》の気合いとともに地を蹴《け》って、斬りかかった。

瞬間――。

蔵人は、刀を左へ振り、右へ返しながら横に飛び、姿勢低く片膝をついて躰の右横に刀を置く、右車の構えで前方を見据えた。

赤井禄郎は、背を反らして、苦痛の呻きを洩らしていた。数歩よろけて、躰を廻転させながら、大きく音を立てて倒れた。

蔵人は動かなかった。

赤井の発した気合いに重なった風切音を、蔵人は聞き逃してはいなかった。馴《な》染《じ》みのある、柳生流十字手裏剣の飛来音とおもえた。かすかに見えた、鈍色《にびいろ》の光に向かって、半ば反射的に胴田貫を振るいながら、蔵人の胸中には自嘲のおもいが噴き上げていた。

（見損なった。赤井禄郎は赤猫の捨蔵一味にかかわっていたのだ。おれの目は節穴だった)

が、そのおもいは、すぐに打ち消された。

蔵人は、はっきりと見た。躰を廻転させながら倒れていく、赤井禄郎の盆《ぼん》の窪《くぼ》と背中一面に数本の柳生流十字手裏剣が突き立っていた。

空き地の傍《そば》で見張りに立っている筈の仁七が駆け寄ってきた。

「旦那、柳生道場の奴らがやってきますぜ」

「柳生道場、だと」

「どこの、誰が知らせたのか」

訝しげに、仁七がいった。

「仁七、すぐに隠れろ。命令だ」

「また、命令ですかい。しょうがねえな。万一のときは、多聞さんに知らせる。そうでしたね」

「そうだ。早く隠れろ」

足音は間近に迫っていた。仁七が姿を隠すのを見届けて、蔵人は立ち上がった。

もう柳生流十字手裏剣の攻撃はない、とみていた。

柳生道場の門弟たちが駆けつけ、赤井禄郎の骸を見つけたら、おそらく斬り合うことになるだろう。赤猫の捨蔵一味の狙いは、蔵人と柳生道場を敵対させ、争わせることにあったのだ。蔵人は、そう推断していた。

駆け寄ってきた庄司喜左衛門と十数人の門弟が見たのは、胴田貫を右手に下げ持ち、赤井禄郎を見下ろして立つ、結城蔵人の姿だった。

「誰か、倒れているぞ」

「赤井だ。赤井が斬られた」

門弟のふたりがほとんど同時に、叫んだ。

さすがに柳生道場の門弟たちだった。庄司喜左衛門を中心に蔵人を包囲し、円陣を組んだ。

「やはり、貴様か」

「殺《や》ったのは、おれではない。柳生道場へ、このことを知らせたのは何者だ」

「問答無用」

庄司喜左衛門の激した口調が引き金となった。門弟たちが一斉に刀を抜きつれた。

蔵人の片頬に皮肉な笑みが浮いた。

「柳生道場では他流試合を禁じているのではないのか」

「同門の者の敵討《かたきう》ちだ」

「他流試合ではない」

門弟たちが怒声で応じた。一歩、円陣を狭める。

「やむを得ぬ。身に降る火の粉《こ》、払わねばなるまい」

蔵人は、胴田貫を中段に据えた。

それを見て、庄司喜左衛門が大刀を抜き、正眼に構えた。

さらに一歩、円陣が縮まった。

動ずることなく、蔵人が告げた。

「まず、骸をあらためたら、どうだ。盆の窪から背中にかけて柳生流十字手裏剣が突き立っている」

「なにっ、柳生流十字手裏剣が」

庄司喜左衛門の顔が驚愕《きょうがく》に歪んだ。

「使われた武器からいえば、赤井殿を屠ったのは柳生道場の誰か、ということになる」

蔵人の物言いに皮肉なものが籠もっていた。

「河合《かわい》、村野《むらの》、骸をあらためろ」

庄司喜左衛門が顎をしゃくった。

蔵人が数歩、骸から遠ざかった。その動きにつれて円陣が移動した。

庄司喜左衛門の左右にいた河合、村野と呼ばれた門弟が、蔵人に警戒の視線を注ぎながら、倒れている赤井禄郎に歩み寄った。河合が片膝をついて仔細《しさい》に見聞している間、村野は、河合をかばうようにして立ち、正眼に構えて蔵人を見据えた。

「刺さっています。盆の窪から背中一面にかけて数本の柳生流十字手裏剣が。盆の窪に突き立ったものが命取りになったのではないか、と」

うむ、と頷いて庄司喜左衛門が、声高く告げた。

「刀を引け。赤井の骸を藩邸に運び込む」

門弟たちが円陣を解き、大刀を鞘におさめた。河合が赤井を抱き起こし、膝をついて後ろ向きとなった村野に背負わせた。

「引き上げる」

庄司喜左衛門の下知に、門弟たちが赤井禄郎の死骸を背負った村野を、取り囲むようにして去っていった。

　後に残った庄司喜左衛門が刀をおさめた。

　蔵人も、胴田貫を鞘におさめた。

　庄司が、蔵人を見つめて告げた。

「柳生家のことは柳生で片づける。これ以上、邪魔はさせぬ」

「どう動こうと、おれの勝手だ」

「勝手にはさせぬ。この庄司喜左衛門の目の黒いうちはな」

「できるかな」

「柳生道場の、おれの面子にかけて、やる。向後は勝手気儘《きまま》に道も歩かせぬ。ありとあらゆる手段を使って、な」

「さっきいったな。これ以上の邪魔はさせぬ、と」

「いった」

「その言葉、そのままお返しする。おれの邪魔はさせぬ」

　庄司喜左衛門は無言で見据えた。蔵人も見返す。

　瞬《まばた》きひとつすることなく、鋭く見つめていた庄司喜左衛門がいった。

「今度会うときは、刃をあわせる仕儀になるやも知れぬな」

背中を向け、歩き去っていった。

蔵人は凝然と庄司喜左衛門を見つめていた。今日《こんにち》ただ今から柳生一門が敵にまわる。恐るべき相手といえた。

(どうやら赤猫の捨蔵一味の策に嵌《は》められたようだな)

予期すらしていないことであった。己の未熟を思い知らされていた。が、動いてくれたお陰で、朧気《おぼろげ》ながら、赤猫の捨蔵一味の正体が見えてきたような気がしていた。

いつのまにか、仁七が傍らにいた。

「どうなるか、とおもいやしたぜ」

「庄司喜左衛門は、なかなかの男だ。決して無茶はすまい、と読んでいた」

蔵人はそこで、いったん言葉を切った。

「引き上げよう」

仁七が大きく顎を引いた。

第三章　蹤《そう》跡《せき》

一

赤井禄郎の骸《むくろ》は戸板に横たえられ、庭に置かれていた。取り囲むようにして庄司喜左衛門や河合、村野らが立ちつくしている。

柳生流は他流試合を禁じていた。同時に、私闘もかたく戒《いまし》めていた。

当然のことながら、私闘のあげく屠《ほふ》られた家臣は禁を破った者として、家禄没収の上、家名断絶の断がくだされる。

赤井禄郎には年老いた母と十八歳になる弟の治作《じさく》がいた。当主の禄郎が死去したとなれば、治作が家督を継ぐことになる。しかし、それは、当主が何の問題もなく逝去した場合にのみ許されることであった。

当主の禄郎が、禁を破って私闘をしたのは明白であった。このままでは赤井家は断絶、禄郎の母と治作は、お咎《とが》めをうけ、柳生家から召し放たれることになる。

庄司喜左衛門は主君柳生対馬守に、何者かが柳生流十字手裏剣を武器倉より持ち出したこと、あろうことか、その十字手裏剣が赤猫の捨蔵一味の手に渡り、結城蔵人と名乗る浪人襲撃に使われたことなど、知り得たすべてを語って、指示を仰いだ。

「このこと、探索せい。が、事は秘密裏にすすめねばならぬ。何者かが柳生家を陥れようと謀略を仕掛けているのかもしれぬ。心利いた者を選び、探索隊を結成するのだ。人選、探索の手立て、すべて、おぬしにまかせる」

柳生対馬守の命を受けた庄司喜左衛門は、村野信助《しんすけ》、河合鍬次郎《くわじろう》ら十数名を選び出し、探索隊を組織した。

が、隊は組織したものの、何の手がかりも得られなかった。ただひとつ、手がかりになりそうな男がいた。

結城蔵人であった。

住まいは分かっているが、迂闊《うかつ》に張り込むわけにはいかなかった。尾行や見張りに気づかれれば、無用の警戒を招き、事が表沙汰《おもてざた》になる恐れがあった。

「出方を待つしかない」

そう判じた矢先の、柳生道場への再来であったのだ。

「何やら得体の知れぬ奴」

庄司喜左衛門は結城蔵人をそう見ていた。

「策を講じて、動かざるを得ない状況に追いこむ」

愛宕山で、結城蔵人と余人を交えぬ話し合いをもった目的は、そこにあった。

結城が今一度、何らかの動きを起こせば、

「柳生家に敵対する者」

として、見張りをつける理由も立つからだ。

が、事は意外な急展開をした。

赤井禄郎と結城蔵人が果たし合いをしている、と知らせて来た者があったのだ。

見知らぬ遊び人風の男の知らせだった。

駆けつけてみると赤井はすでに息絶えており、盆の窪から背中にかけて数本の柳生流十字手裏剣が突き立っていた。

赤井禄郎は生真面目《きまじめ》な、人一倍稽古熱心な男だった。それが、あることがあってから人が変わった。毎晩、遊び歩き、務めぶりも道場の稽古もいい加減になった。

探索を命じられた庄司喜左衛門は、まず江戸屋敷の武器倉を調べた。その結果、柳生流十字手裏剣が二十本、盗まれていたことがわかった。

代々将軍家剣術指南役を主君と仰ぐ、柳生屋敷である。他の大名の江戸屋敷より遥かに警戒が厳重であった。外部から忍び込んで盗みだすのは、困難におもえた。屋敷内を自由に歩き回れる藩士の誰かが盗み出したに違いなかった。

「誰が、やったのか」

調べをつづけるうちに、数名の不行跡の藩士が浮かび上がった。そのうちのひとりが赤井禄郎だった。

骸の傍らで、赤井禄郎にかかわる、さまざまな事柄を思い浮かべていた庄司喜左衛門は、河合鍬次郎の呟きに現実に引き戻された。

「哀れな奴。……知らぬこととはいえ、赤井の許嫁《いいなずけ》同然だった千代《ちよ》どのを側女《そばめ》に召されるとは、殿も、あまりに手ひどい仕打ちをなされたものだ」

「あれ以来、赤井は変わった。すべてに投げ遣りになり、酒色に溺《おぼ》れていった。辛《つら》さを忘れるための酒にのめりこんだのだ。殿は、殿は、われら家臣を、こころのない虫けらとでもおもっておられるのか。殿は……」

村野の言葉を庄司喜左衛門が遮った。

「いうな。殿への批判は、家臣としての道に外れた、許されぬことぞ」

厳しい声音だった。

村野たちが黙り込んだ。

実のところ、庄司喜左衛門も、村野たちと同じおもいであった。

赤井禄郎は、柳生流十字手裏剣探索の一員ではなかった。

（しかし……）

庄司喜左衛門の脳裏に、赤井禄郎の母の顔が浮かんだ。

（赤井家を、潰すわけにはいかぬ）

幸いなことに赤井禄郎には刀傷はなかった。盆の窪から背中にかけて打ち込まれた柳生流十字手裏剣が数本、突き立っているだけであった。

（斬り合って命を奪われたとは見えない傷跡。私闘の果て、と判断する者は、まず、おるまい）

庄司喜左衛門は大きく息を吐いた。息を吐くことで、迷いが吹き払われた、と感じた。

赤井禄郎の死に顔に目を据えて、いった。

「皆に告げておく。赤井禄郎は、我々とともに柳生流十字手裏剣探索の任についていた。赤井は、探索の途上、何者かに闇討ちにあって果てたのだ。よいな。闇討ちにあったのだぞ」

「庄司さん」

「よかったな、赤井」

村野と河合が、ほとんど同時に声を発した。

庄司喜左衛門は、凝然と、赤井禄郎の骸に視線を落としている。


蔵人は、道を急いでいた。

行く先は、清水門外の火付盗賊改方の役宅であった。

すでに四つ（午後十時）をまわっている。突然の訪問は避けるべき刻限だった。が、蔵人には、たとえ礼を失しようと、今夜のうちに用をすませてしまわなければならない事情が生じていた。

火付盗賊改方長官・長谷川平蔵と蔵人のつながりは、決して柳生家に悟られてはならなかった。

赤井禄郎が、何者かの投じた柳生流十字手裏剣に倒れた直後である。いかに才に長《た》けた柳生の高弟といえども、庄司喜左衛門が今夜のうちに動き出すとはおもえなかった。

しかし、明日からは、柳生の手の者が蔵人の身辺を見張りつづけるに違いない。当然、動きはとりにくくなる。是が非でも、考え得る限りの向後の段取りを平蔵と取り決めておきたかった。

深夜にもかかわらず、何の前触れもなくやってきた蔵人を、平蔵は、居間に微笑みをもって迎え入れた。

向かい合って坐るなり、平蔵が問うた。

「突然の来訪、柳生が敵にまわった、とみゆるな」

「おそらく明日より二六時中、見張りがつくはず」

蔵人は、仁七の探索の結果、赤井禄郎に目をつけ、柳生家の内情を聞き出そうと接近し果たし合いに至ったこと、赤猫の捨蔵一味の手下とおぼしき者が柳生流十字手裏剣を投じて赤井禄郎を死に至らしめたこと、何者かの通報により柳生道場の者たちが駆けつけ、庄司喜左衛門と対決せざるをえなくなったことなどを事細かに伝えた。

口を挟むことなく聞き入っていた平蔵が、

「……何者かの罠に嵌《は》まったか」

「その何者かとは、おそらく」

「赤猫の捨蔵……」

「あ奴以外に考えられませぬ。ただ、気がかりなことがありまする。今、江戸市中を荒らし回っているのは、まことの赤猫の捨蔵ではないのではないか、と思われるふしが」

「証《あかし》があるのか」

「確たるものは、何も。しかし」

蔵人は柴田源之進の調べにより判明した、赤猫の捨蔵が押し込んだ夜は、常に無風であったこと、を告げた。

「無風、とな……」

平蔵が応じ、腕を組んでつづけた。

「以前、赤猫の捨蔵が江戸を荒らし回ったときは、押し込んだ夜は、常に、少なくとも十数棟を焼く大変な騒ぎとなったものだ。赤猫一味は、手がかりを残さず、確実に逃げ去るための手立てとして、火事騒ぎを起こしていたのだ」

「押込みのやり口が、あまりにも違いませぬか」

「以前の赤猫一味は、大火になってもかまわぬ、として火付けをしていたが、此《こ》度《たび》は、出来うる限り火事を最小限で食い止めよう、との気配りをしている。いま赤猫の捨蔵と名乗っている者は別人。そうみることは、決して的外れではない、といいたいのか」

「如何様《いかさま》。実は、今日一日、尾行されていたような気がしてなりませぬ。錯覚にすぎないのかもしれませぬが」

「蔵人にさとられぬほどの尾行の術を会得しているとしたら、並大抵の相手ではなさそうだな」

「忍びかもしれませぬ」

「かつて忍びの技を売り物に公儀に仕えた伊賀組、甲賀組、黒鍬者《くろくわもの》の後裔は、つづく泰平の世に修練を怠り、その技を忘れ、いまでは花作りなどの内職に日々明け暮れている有様。いっぱしの忍者がいるとも思えぬが……」

「いない、ともいいきれませぬ。忍びの技を会得した者たちが赤猫の捨蔵と縁《えにし》を結び、行を共にしているとしたら、手強《てごわ》い敵とみるべき」

うむ、とうなずき、平蔵は黙り込んだ。蔵人は口を開くのを待っている。

やがて……。

平蔵が、ぽつりといった。

「柳生、赤猫の捨蔵と忍びの技をよくする手下ども。いずれも恐るべき相手」

しばしの沈黙があった。

蔵人は、戦ったことがあるだけに赤猫の捨蔵の手下の強さは、身に染みていた。勝てる、という確信が持てぬ相手といえた。が、戦わねば一件落着はおぼつかない。死力を尽くして戦うしかあるまい、と覚悟を固めていた。気がかりなことがあった。一膝すすめて、告げた。

「長谷川様とのかかわりを、柳生の者たちに知られてはまずい、と考えております。向後のつなぎには、何らかの手立てを講ずるべきかと」

平蔵が不敵な笑みを片頬に浮かせた。

「隠し事することなく、柳生の連中に見せてやればいいではないか」

「それはあまりに」

無策……と言いかけて、口を噤《つぐ》んだ。平蔵の真意がつかめたからだった。

ことばを継いだ。

「秘密の、裏の務めに就いていると分かれば、最初は警戒を強くするはず。が、探る相手が柳生家ではない、と知れば、矛先は柳生流十字手裏剣を使って柳生家を騒ぎに巻き込んだ奴らに向かう。いや、向かわせるように仕向けていく。そういうことでございますか」

　平蔵は黙って、顎を縦に引いた。

　たしかに、そのとおりだった。下手に手立てを講じるより堂々と姿をさらして、今度は、柳生一門の目が赤猫一味に向くよう仕掛ければよいのだ。できれば、柳生一門と赤猫の捨蔵一味が敵対し、戦うようになることこそが、望ましい。

「それが、事件を落着させるための、一番の近道かもしれませぬな」

　独り言ともとれる蔵人の一言だった。平蔵が、告げた。

「ともに、ひとつ間違えば命を落とす事になりかねぬ任務《つとめ》についているのだ。探索の役に立つなら、わしの身が危険にさらされても一向にかまわぬ。わしのことなど斟酌《しんしゃく》せずに存分に働くがよい」

「は」

　蔵人は、短く応えた。

二

　清水門外の、火盗改メの役宅を辞した蔵人は、ゆっくりと新鳥越町二丁目へ足をすすめた。まだ、柳生一門の尾行の気配はなかった。

とすれば、今夜のうちに打つべき手は打っておくべきであった。

長谷川様は「かまわぬ」といってくれたが、柳生一門相手に姿をさらすは、おのれひとりでよい。そう考えている蔵人であった。

まず訪れるべきは大林多聞の診療所であった。

深更だというのに、蔵人の呼びかけに、雪絵がすぐに勝手口の戸を開けた。

大林多聞は薬研《やげん》を使って、薬草を押し砕いていた。明日、患者に手渡す煎じ薬を作っているのだった。

蔵人の姿を見るなり、手を休めて多聞が向き直った。

「緊急な事態でも」

「まず、そうよ、な」

坐るなり、蔵人は多聞と雪絵に、柳生道場の面々と事を構えるに至った経緯を語った。

聞き終えた多聞が、

「そのような流れなら、柳生の門弟たちが誤解するのは無理からぬこと。どうしたものか……」

途方に暮れた口調だった。

「柳生の者どもは、おれの正体は知らぬ。ましてや、裏火盗の存在すら知らぬ」

「裏火盗の存在は、あくまでも秘さねばなりませぬ。しかし、それでは御頭だけに危険が迫ることに」

「おれは、なんとかなる。柳生流十字手裏剣の使い手の探索の手がかりとなりうる身だ。柳生一門も泳がせるだけ泳がせるだろう。堂々と動きまわることで、逆にその分、柳生の者どもに新たな手がかり、誤解を解く鍵を与えることができるかもしれぬ」

「……向後、どう動け、と」

「今夜のうちに木村や新九郎たちに伝えてくれ。爾今《じこん》の連絡は、すべて多聞さんに集約するように、とな。おれからの連絡は雪絵さんを通じて行う。雪絵さんには、いままでどおり、食事の世話をしに通ってもらう。それが一番自然だろう」

「それでは、すぐにも」

「頼む」

蔵人に微笑みで応えて、雪絵が立ち上がった。

真先稲荷の赤い鳥居が、深い朝靄《あさもや》に霞《かす》んで見えた。隅田川の水音が靄の向こうから聞こえてくる。

「なあに、今日は茶店を留守にしてもいいんだ。通いの女がなかなか役に立つ女でね。まかせても、まず心配ない」

日をおかず訪ねてきた吉蔵に巳之吉は大喜びして、昨夜は話に花が咲き、

「年寄り同士の酒盛りは、あんまり威勢がよくないねえ」

などといいながら、ちびりちびりと酒を呑《や》って、ついつい時を過ごし、一刻（二時間）少ししか仮眠していないふたりだった。

眠らなかった分、ふたりの話は広がっていた。吉蔵の誘い水もあったが、

「赤猫の捨蔵の盗っ人宿が、どこにあるか探ってみよう」

と巳之吉がいいだした。

吉蔵にとっては、渡りに船のことだった。無言《しじま》の吉蔵といえば、かつては盗っ人の正道をゆく大親分と評判をとっていたが、いまは隠退して、盗っ人稼業からは縁の切れた身だった。闇の口入れ屋として、盗っ人渡世にどっぷりと浸かっている韋駄天《いだてん》の巳之吉とは、当然のことながら、集まる噂話の数も違うし、通じる顔も狭まっていた。

実は吉蔵は、先夜、巳之吉の茶屋に泊まった後、その足で、再び赤猫の捨蔵の押し込んだ駿河台周辺の聞込みにまわった。

旗本、大名の屋敷が建ちならぶ土地《ところ》である。聞込みする相手を見つけだすのに苦労したが、そこは盗っ人のお頭として鍛えた眼力が役に立った。赤ら顔の酒癖の悪そうな中間《ちゆうげん》が、夕方、裏門の潜《くぐ》り戸《ど》から抜け出してきたのに目をつけ、声をかけた。

「ひとりで呑むのは寂しくてね。ちょいとつきあってみる気はないかい」

と近寄り、一分金をそっと掌《てのひら》に押し当てた。最初は警戒の素振りを見せた中間だったが、

「なあに、お出入りの御店《おたな》の旦那に頼まれてね。ここらのお屋敷の評判を聞き込まなきゃならないのさ」

吉蔵の様子をしげしげと眺めた中間は、

「そうかい。昔は御用の筋、といったご身分だったようだな」

とつぶやいたものだった。吉蔵の物腰からみて、勝手に、

「隠退した岡っ引き」

と思いこんだのだろう。盗っ人と岡っ引きは、眼光、身のこなし、どれをとっ

ても紙一重といってもいい稼業なのかもしれない。そう思って吉蔵は、胸中でおもわず苦笑いを浮かべた。

が、おくびにも出さない。

吉蔵は中間の思いこみに乗ることにした。

「昔、世話になった旦那衆から声がかかると断るわけにもいかなくてね。助けておくれな。金輪際《こんりんざい》、迷惑はかけねえからさ」

「分かったよ。つきあうから、もう少し、はずんでくれねえかい」

「ああ、いいよ。話の中身しだいじゃ、一分金の二枚や三枚、増えることもあらあな」

「地獄の沙汰も何とやら。おれの口も似たようなもんで、舌の具合がどんどん滑《なめ》らかになるってもんさ」

掌の一分金をしっかりと握りしめ、軽く振ってみせた。

巳之吉と肩をならべて歩きながら、吉蔵は中間から聞いた話を思い出していた。

屋敷地にはおよそ無縁と思われる、猿回しや人形使いの姿を、赤猫の捨蔵一味が押し込む半月ほど前から見かけている、というのだ。

それ以外には、めぼしい聞込みはなかった。

「これからも役に立つぜ。いつでも御屋敷に訪ねてきな」

紋吉《もんきち》という名の中間は、別れ際に握らせた一分金二枚を、大事そうに巾着《きんちゃく》にしまい込みながら、何度もそういった。

紋吉の舌の滑りは、実によかった。中間どうしで噂しあっているのだろう。どの殿様は妾《めかけ》を三人抱えている。大身旗本の何様は吝嗇家《りんしょくか》で、あらかじめ決められている奉公人の給金を、働きぶりにけちをつけては、値切りに値切って満足に払わない、などと微に入り細に入り、話してくれたものだった。

が、吉蔵にとっては、そんな話はどうでもよかった。

「赤猫の捨蔵一味は、塀を乗り越えて出てきた」

との蔵人のことばからおもいついた、

(軽業師なら、塀を乗り越えたほうが、押し込むにも逃れ出るにも何かと楽かもしれねえ)

と推量した軽業師の姿を、猿回しや人形使いに重ねていた。

翌日、吉蔵は、再び長崎屋近辺の聞込みへ出向いた。

先だって行った聞込みは、長崎屋の奉公人の出入りにしぼっていた。

「盗っ人は、押し込む前に引込み役を、必ず狙う御店に潜り込ませる」

盗っ人時代に身につけた先入観が、この場合、逆に聞込みの足を引っ張ったのだ、との反省がさせたことだった。

はたして、再度の聞込みは、新たな事実をもたらした。

長崎屋が、赤猫の捨蔵一味に押し込まれる半月ほど前から、人形使いや猿回し、祭文《さいもん》語りに門付《かどづけ》などが頻繁に目撃されていたのだった。

「人形使いや猿回しをよく見かけた」

と紋吉もいっていた。

(赤猫の捨蔵は、人形使いや猿回しなどの大道芸人たちに話を持ちかけ、口説いて手下にしたのかもしれない)

突拍子もない考えだった。

が、大道芸人たちのなかには軽業師同様、身軽さが売り物の、籠《かご》抜けを持ち芸とする者もいる。

吉蔵は、巳之吉を訪ねるつもりになっていた。

(巳之吉なら、いまは大道で芸を売る、元盗っ人の噂を聞き知っているかもしれない)

そう判じての動きだった。

「どうしたんだい。急に黙りこくって、気分でも悪いのかい」

巳之吉の呼びかけに、吉蔵は思案から覚めた。

「いや、何。歳《とし》だね。昨夜飲んだ酒が、まだ抜けてねえ。少しぼんやりしちまった」

「なら、心配ねえ。おれも同じさ。酒がなかなか抜けねえ。こうして歩いていても膝が踊って、ふらふらしてるぜ。寄る年波には勝てねえなあ」

しみじみとした口調だった。

吉蔵は黙ってうなずいただけだった。

ふたりは、朝靄が薄らいできた隅田川沿いの道を、言葉ひとつかわすことなく歩きつづけた。

行く先は決まっていた。かつて赤猫の捨蔵と付き合いのあった、元一匹狼の盗っ人で、いまは品川宿《しながわしゆく》は御殿山《ごてんやま》近く、善福寺《ぜんぷくじ》門前の茶店の親爺におさまっている豆狸《まめだぬき》の岩吉《いわきち》の住まいであった。

吉蔵が、巳之吉と共に品川へ向かって歩をすすめているころ、蔵人は出来うる限り行うことにしている、胴田貫を打ち振る鍛錬を行っていた。

さすがに柳生道場の高弟・庄司喜左衛門であった。多聞の診療所を出た九つ(午前零時)には見受けなかった、柳生道場の門弟の気配が、貞岸寺の境内の裏手からつらなる雑木林のなかに感じられた。赤井禄郎を葬った後、間を置くことなく門弟たちを、蔵人を見張らせるべく差し向けたのだろう。

胴田貫を振るいながら、蔵人は、注がれる目線の強さを背中に受け止めていた。

爾後《じご》の手配はすべて昨夜のうちに済ませていた。

(さて、どう引きずり回してやろうか)

勝手に探索をする、と決めていた。

蔵人は、大上段に振りかぶった胴田貫を、裂帛《れっぱく》の気合いと共に振り下ろした。

三

柳生の手の者とおぼしきふたり連れが、貞岸寺裏の林に身を潜めているのに、気づいている人物がいた。

雪絵である。

昼過ぎに診療を終えた多聞は、雪絵とともに外へ出た。

診療所の裏口の前で、大きく背を伸ばした多聞が右手で軽く肩を叩いた。傍目には、診察に疲れた町医者が、肩の凝りでもいやしているかのような、自然な仕草だった。

背後で襷《たすき》をはずしている雪絵を振り返って、小声でいった。

「雪絵さんのいったとおりだ。林の中にふたり、張り込んでいる」

「御頭は気づいていらっしゃるのでしょうか」

「ご存じだろう。張り込む者たちも、さほど気配を隠そうとしているともおもえぬ」

「それでは御頭に張込みを悟らせることで……」

「どう動くか、試しているのかもしれぬな」

「御頭にやましいところがなければ、自由に動くはず。こそこそと策をめぐらし、尾行をまこうとすれば」

「柳生一門に仇為《あだな》す者と見なし、攻撃を仕掛けてくるかもしれぬな」

「それは……」

「雪絵さん、新九郎と十四郎に、怪我人を装って診療所の出入り口から入ってこい、と、つたえに行ってくれぬか。御頭の剣の業前《わざまえ》はなまなかなものではないが相手は柳生一門だ。万が一ということもある。新九郎と十四郎に蔭ながら御頭の護衛をするよう申しつけよう」

「御頭には、このことは？」

「いわぬ。聞けば、御頭のことだ。ただでさえ人手が足りぬというに護衛など無用、と拒絶されるに決まっておる」

「わかりました。すぐ安積さまたちのお住まいへまいります」

かすかに腰を屈めて、雪絵は表の通りへ向かって歩きだした。裏の林からまわれば、すぐに新九郎たちの住まいに行き着く。雪絵がわざわざ遠回りの道を選んだのは、彼らの住まいを張込みの者たちに悟られまいとする、用心から出た動きであった。

（聞込みや夜廻《よまわり》は、木村又次郎と真野晋作のふたりにわしがくわわればこなせないことはない。手が足りなくなれば仁七をかり出すまでのこと。いまは、まず、御頭の身を守るが第一の大事だ）

遠ざかる雪絵の後ろ姿をながめながら、多聞は胸中で、そう呟いていた。

安積新九郎と神尾十四郎が、手首と掌に白布をまきつけて怪我人を装い、診療所に現れたのは、それから小半刻（三十分）ほど後のことだった。

迎え入れた多聞は、新九郎らと奥の座敷に入り、向かい合って坐るなり事の仔細を告げた。

「柳生の者どもが御頭に襲撃を仕掛けるまで、ただ見守る。そういうことですね」

新九郎が、問うた。

「そうだ。御頭の命にかかわる、ぎりぎりのところまで待つのだ。さすれば、無用な手出し、と御頭から叱責《しっせき》を受けることもあるまい」

「しかし、それじゃ、御頭が怪我する恐れもある。叱責覚悟で早めに飛び出したほうがいい」

十四郎が不満げな声を上げた。

「赤猫の捨蔵一味と柳生を嚙み合わせるには、あくまでひとりで、何らかの探索を行っている、との形をとる必要がある、と御頭がいっておられた。いまのわれらは黒子《くろご》に徹するべきではないのかな」

多聞の声音が、いつになく厳しい。

「十四郎。時が惜しい。御頭や柳生の者どもに気づかれずに後をつけるは至難の業ぞ。その段取りを思案するが先ではないか」

新九郎のことばに十四郎が無言でうなずいた。


豆狸の岩吉は、その名のとおり、ころころと太った五十がらみの小男だった。平べったい丸顔に小さな目、低い鼻、吊り上がった薄い唇。顔つきも、どことなく狸に似ていた。一見愛嬌《あいきょう》のある様相とは裏腹に、その目の奥に、抜け目ない、いかにも小狡《こずる》そうなものが宿っているのを、吉蔵は見逃してはいなかった。

久し振りに訪ねてきた顔見知りの巳之吉と、その知り合いだという吉蔵を、岩吉は日頃暮らしに使っている奥の間に案内してくれた。

「ちょうどいい茶が手に入ってね。いれてくるよ」

岩吉が座をはずしたとき、吉蔵が巳之吉の耳元に口を寄せていった。

「巳之吉さん、どうも気になるんだが、岩吉さん、年甲斐もなく、いまでも押込みの仲間に加わっているんじゃないのかね」

「わかるかい。手の足りないお頭が、時折駒のひとりに便利使いしなさっている。おれの、どうにもならなくなったときの持ち駒のひとりでもあるんだ」

「目つきが、ね。まだ、盗っ人のそれだ。すぐにわかったよ。畜生盗みでも何でもござれという、そんな顔つきをしている」

「あの歳でも下手な若いもんより動きはいい。お頭のなかには岩吉を名指ししてこられるお人もいるんだ」

「……そんなお頭のなかに赤猫の捨蔵もいたってことだな」

「そうだ」

「信用、できるんだね」

「岩吉は押し込んで、盗むことが根っから性に合っている男なんだよ。犯さず、殺さず。黙々と、ただひたすら盗む。盗みをやってるときが女を抱いているときよりもずっとずっと心地よい、というんだ。変な野郎さ」

「盗むことが好き、か。わからねえでもねえ。おれも、いまでも、押し込む間際の、あの、わくわくするような胸の高まりを、忘れられねえでいる身だからね」

「おれも、さ。その楽しみを長く持ち続けたい、とおもったから、無理をしなかったのかもしれねえ」

「おたがい因果な性分だねえ」

苦く笑った吉蔵に巳之吉が暗い笑みで応えたとき、岩吉が、湯気の立つ湯呑み茶碗を三つ載せた折敷《おしき》を手に戻ってきた。

　座敷に入って巳之吉の傍らに坐り、吉蔵の前に湯呑み茶碗を置き、座り直して問いかけた。

「間違っていたらご勘弁ください。吉蔵さんは、ひょっとして、あの、盗っ人の正道を歩きつづけなすった大お頭、無言の吉蔵親分じゃございませんか」

「その、無言の吉蔵、だとしたら、どうなさるんで」

「もし、もし盗みをなさるんなら、あっしも手駒のひとりに加えていただきてえんで。無言のお頭の仕事ぶりの噂を聞くにつけ、いつか一緒に仕事をしてえと望んでおりやした」

「そいつは、はじめて聞く話だぜ。岩吉さんが、おれに、やけになついてくれてたのは、おれが、無言の吉蔵の幼なじみだと、知っていたからじゃねえのかい」

　巳之吉が口を挟んだ。

「そのとおりよ。巳之吉さんの近くにいりゃ、いつか無言の吉蔵お頭に会うことが出来るかもしれねえ。そうおもっていたんだ」

　岩吉が吉蔵に向き直った。

「急用ができたんで今日は休みにする、と理由をつけて女たちは帰しやしたし、店も閉めてきやした。お頭さえよろしかったら、色んなお話を聞かせていただきたいんで」

と目を輝かせた。

「話すほどの話もねえが……」

吉蔵は、凝《じ》っと岩吉を見つめた、初対面のときに感じた、小狡い、探る目の色は失せていた。

（いまのこの男には、下手な駆け引きはいらねえ）

多くの子分たちを観察《み》つづけてきた吉蔵であった。その眼力は、隠退したとはいえ、それほど衰えてはいないはずだった。

「赤猫の捨蔵を、どうおもうね」

「どう、おもうといいやすと……」

「いやね。おれには、いま江戸府内を荒らし回っている赤猫の捨蔵が、どうにも、偽者のような気がしてならねえんだよ」

「赤猫の捨蔵が、ふたり、いると仰るんで」

「そうよ。まあ、聞きねえ」

吉蔵は、赤猫の捨蔵がふたりいるのではないか、と疑念を抱くに至った道筋を、岩吉に語って聞かせた。

話し終えて、告げた。

「もし、おれの推量が的外れでなかったら、たとえ畜生盗みをし続けた赤猫の捨蔵のことだとしても、偽者が、盗っ人の名を騙《かた》って悪行を重ねるなんざ、同じ稼業の者として許し難いことだと、おもわねえかい」

吉蔵は、そこで、ことばを切った。

岩吉を見据えて、いった。

「いや。他の奴らはどうでもいい。おれは、盗っ人として、偽者の赤猫の捨蔵一味をどうしても許せねえんだ。本物の赤猫の捨蔵を探し出して、偽者の正体を世間に知らしめる。それが、盗っ人稼業にどっぷり浸かってきた、おれの、盗っ人としての矜持《きょうじ》ってもんさ」

「たとえ赤猫のお頭が、盗っ人の正道から外れつづけてきたお人でも、やってもいない押込みの罪をかぶせるのは理不尽だと、そういうことですかい」

「偽者を闊歩《かっぽ》させせちゃ、おれたち、本職の盗っ人の面子《メンツ》にかかわる、とも、おもってるのさ」

「どうすれば、いいんで？」

「本物の赤猫の捨蔵を、おれと一緒に探し出してはくれねえかい。巳之吉さんから岩吉さんが赤猫の捨蔵一味に加わったことがあると聞いたんでね。おれよりは赤猫の捨蔵についちゃ、知っているとおもってさ。色々と話を聞かせておくれでないかい、赤猫の捨蔵のことをよ」

「わかりやした。あっしの知ってることを洗いざらいお話しいたしやす」

岩吉が赤猫の捨蔵について話しだした。吉蔵と巳之吉は、口を挟むことなく聞き入っている。


結城蔵人が住まいを出たのは、八つ（午後二時）すぎのことだった。

表戸の前で立ち止まった蔵人は、足下の落葉の一枚を拾い上げた。

宙に投げ上げる。

落葉は揺れながら空を舞い、蔵人の間近に落ちた。

風のない証だった。

もし、松風彩麿や市蔵店に住む大道芸人たちが赤猫の捨蔵一味だとしたら、風のない、いわば押込み日和《びより》ともいうべきこんな日に、突然、訪ねてきた蔵人を、どうみるだろうか。

しかも、訪ねてきたのは蔵人一人ではない。柳生道場の門弟が蔵人をつけ回したあげく、近くで身を隠し、見張りつづけている。それも、すべて、柳生流十字手裏剣を使った一味の者が蒔《ま》いた種なのだ。

蔵人は、向後は、風のない日の黄昏《たそがれ》に近い時刻に必ず松風彩麿を訪ねる、と決めていた。最初の間は、押込みを諦《あきら》めるかもしれない。が、何度も重なったら、何らかの動きを仕掛けてくるに違いない、とふんでいた。

蔵人は柳生の門弟たちが身を潜めている林の前を通りすぎ、貞岸寺の境内を横切って、表門へ向かった。柳生の者たちを一瞥もしなかった。どうせつけてくるのだ。勝手にすればいい。尾行する門弟たちは、時と場合によっては、蔵人の味方となりうる者でもあった。

悠然と歩みをすすめる蔵人を、見え隠れに柳生の手の者が尾行していく。さらに十数歩離れて十四郎が、ほぼ同じ間隔をおいて新九郎がつけていった。

目指すは新下谷町の裏長屋、市蔵店であった。

冬の陽は、西に聳える山々の彼方《かなた》へ駆け足で下っていく。茜《あかね》に染まった空は、それまで白かった雲が黒みを増し、次第にその範囲を広げつつあった。

市蔵店に蔵人が着いたときに、七つ（午後四時）を告げる、どこぞの時の鐘が鳴り始めた。

長屋の路地に足を踏み入れた蔵人は、そのまま奥へすすみ、松風彩麿の住まいの表戸の前に立った。

何度か声をかけたが応えはなかった。

蔵人はその場に立ち尽くし、ぐるりを見回した。空き地に人影はなかった。すでに大道での、稼ぎの場からもどってきているのか、それぞれの住まいに灯りが灯っている。

蔵人には、なぜか奇異に感じられる風景であった。

大道芸人たちは黄昏近くまで稼いでいるもの、との印象があった。が、この市蔵店の者たちは、すでに住まいにもどり、夕餉さえ食している気配がみえた。

よほど町に人が出ていなかったのか。あるいは、あまりに客の集まりが悪くて早々と引き上げてきたのか……。

大道芸人たちの暮らし向きは、さほど豊かなものではない。日々のたつきを得るために、出来うる限り稼ごうとするのではないのか。蔵人は、そうおもった。が、この市蔵店に住まう大道芸人たちは違っていた。

蔵人は、注がれる人の視線を感じていた。それも一人や二人の視線ではない。長屋の住民たちが、腰高障子を薄目に開けて様子を窺っている。そう感じとれた。静まりかえっていた。

蔵人は、松風彩麿が帰ってくるまで梃子《てこ》でも動かぬ、と腹をくっていた。井戸の縁に腰をかけた。

蔵人は、首を傾げた。この市蔵店には何かが欠けていた。

（何が、足りないのだ……）

蔵人は、さらにぐるりを見渡した。

猿の鳴き声がした。猿回しの飼っている猿のものだろう。

そのとき……。

蔵人のなかで閃くものがあった。

（子供だ。子供の声がしない。この市蔵店には、ひとりの子供もいないのだ）

蝦蟇《がま》の油売りの顔を思い浮かべた。猿回しも、鋳掛屋《いかけや》も、子供がいても不思議ではない年格好だった。

（長屋につきものの女房たちの姿も、みかけなかった……）

蔵人が、さらなる疑念にとらわれたとき、足音が聞こえた。

見ると、歩いてくる松風彩麿の姿があった。

四

「近くへ来たので寄ってみたのだ。話をしたくてな」

蔵人に声をかけられた松風彩麿の顔に戸惑いが浮いた。が、それも一瞬のこと、いつもの柔和《にゅうわ》な顔つきに戻っていた。手に画材をつつんだ風呂敷を下げているところをみると、どこぞへ写生に出かけていたのだろう。

「待たれましたか」

「いや、今し方、来たばかりだ」

言葉を切った蔵人が、

「どうかな。近くの蕎麦屋で一献、というのは」

酒を口に運ぶ手つきをした。

「いいですな。ただ、飯の支度をしているんじゃないかな、お澄《すみ》さんが」

「そいつは残念だ。折角、来たんだ。なんとかならんか」

うむ、と首を捻った彩麿が、

「ちょっと待ってください」

自分の住まいの隣りの表戸の前に立ち、

「すまん。彩麿だ。お澄さん、いるかい」

ほどなく中から表戸が開かれ、若い女が顔を出した。丸顔の、黒目がちの目が印象的な、可憐な、野の花をおもわせる町娘だった。年の頃は十七、八といったところか。粗末な木綿の、縦縞の小袖がよく似合っている。

「夕餉は、すぐ食べられるように用意してあります。どうぞ、中へ」

「いや、それが、ちょっとな」

見返った彩麿の視線を追ったお澄が蔵人に気づき、軽く頭を下げた。

「すまぬ。突然、訪ねてきて、まことに申し訳ないのだが、彩麿殿と、どうしても話がしたくてな、蕎麦屋で一献傾けたい。用意した食事を無駄にするようで悪いが、今夜のところは、おれに彩麿どのを貸してくれんか」

「それは……」

ちらり、とお澄が彩麿を見た。

「そういうことでな。悪いが、結城さまとつきあおう、とおもう」

蔵人に向き直り、

「荷物を置いてまいります」

と笑いかけた。

彩麿が、住まいの表戸を開けてなかへ入ったのと入れ違いに、お澄が引っ込んだ住まいの表戸が開き、蝦蟇の油売りの弥市が顔を出して蔵人を一瞥した。なぜかとげとげしい、剣呑《けんのん》な目つきだった。

腕組みをして、隣りの表戸を睨みつけている。

表戸を開いて出て来た彩麿に声をかけた。咎めるものが音骨にあった。

「夕餉の後、長屋のみんなと会合を開くことになっていたはずだが」

「今夜は、やめときましょう」

「みんな、そのつもりでいる。まずいんじゃないのか」

「木戸脇に見慣れぬふたりの武士が立っていた。出で立ちからみて、どこぞの藩の江戸勤番の者のようだ。会合をもっている隙に泥棒にでも入られたら、それこそ大変なことになる」

「何っ、木戸脇についぞ見かけぬ侍たちがたむろしてると」

弥市が、わずかに声を高ぶらせた。

「では、結城さま。まいりますか」

松風彩麿が先にたって、歩きだした。

「近場に、うまい蕎麦屋があるかな」

声をかけた蔵人を振り向いて、彩麿がいった。

「ございます。もっとも結城さまのお口にあいますかどうか」

「いや。うまいものは誰が食ってもうまいものだ。楽しみだな」

蔵人は彩麿に歩み寄り、肩を並べた。


蔵人と彩麿の気配に、柳生道場のふたりは木戸脇の物陰に身を隠した。

遠ざかるふたりとの距離は十分とみてとったか、門弟たちが再び姿を現し、後をつけだした。

見え隠れにすすんでいく。

その門弟たちから少し離れた場所に、安積新九郎と神尾十四郎は、身を隠していた。

「つけるか」

立ち上がろうとした十四郎の腕を新九郎が押さえた。

「どうした？」

振り向いた十四郎に、新九郎が低く告げた。

「見ろ」

訝《いぶか》しげな視線を投げた十四郎が見たのは、町娘と髭面の男のふたりづれの姿であった。髭面の男こそ、蔵人をとげとげしく見据えた弥市に相違なかった。が、髭面の男が何者かは、新九郎たちは知らない。

髭面の男が、町娘に何事か耳打ちした。うなずいた町娘は、長屋に引き返していった。

男は門弟たちの後を追って、歩きだした。

十数歩ほど髭面の男が遠のいたのを見極めて、新九郎がいった。

「行くか」

新九郎がゆっくりと立ち上がって、通りへ出た。十四郎が、つづいた。

天徳寺《てんとくじ》の甍が、宵闇のなかに黒い影を浮かせている。背後に聳えるのは、愛宕神社の鎮座する愛宕山であった。

松風彩麿が贔屓にしている蕎麦屋は、市蔵店からほど近い、天徳寺門前町にあった。このあたりが天徳寺や青松寺《せいしょうじ》、青竜寺《せいりゅうじ》に愛宕神社などの神社仏閣が建ちならぶ寺社地であることから、昼間は、それぞれの寺や神社に参る町人たちで賑わっていた。

［御膳　手打生蕎麦所　小倉平兵衛《おぐらへいべえ》］との軒看板が掲げられている、法事などの宴席にも使われる大広間や個室も備えた、それなりの格式のある店であった。

彩麿と蔵人は、入り口脇の座敷の一隅に置かれた飯台に向かい合って坐った。

注文を聞きに来た女に、

「蒸籠《せいろ》二丁に、銚子二本。熱いやつを頼む。肴は鰻《うなぎ》の蒲鉾《かまぼこ》二本」

蔵人が手短かに告げ、彩麿に向き直ってきいた。

「ほかに、何かありますかな」

「いや、とりあえずは、それで」

彩麿が微笑みで受けた。

古書に、

『蒲鉾は鰻を食材として作るのが正式』

とある。竹串のまわりに魚肉をつけ、蒸す。形が蒲《がま》の穂と似ていることから蒲鉾、という名がついたといわれている。

ちなみに、蒲鉾が長方形の杉板を平らに削り、一面に魚肉を盛るようにつけて蒸す、という作り方に変わったのは、江戸時代末期のことである。

江戸では虎鱚《とらぎす》、京坂では鱧《はも》を原料としたものを上品とした。また、平目や鯛で作ったものも高級品とされていた。一般的には鮫《さめ》の類《たぐい》が材料として用いられた。安価なものは塩を強くして、こんがりと焼いた。そうしないと日保《ひも》ちがしないからだ。

彩麿は、ちびりちびりと呑《や》る口だった。蔵人もまた、少しずつ酒を口に運んだ。決して気を許してはならぬ相手、と思い合っていることは、話す中身から推察して、明らかだった。

四方山《よもやま》話、画の描き方、浮世絵師を志した経緯など、蔵人は矢継ぎ早に問いかけていった。はては、おのれの剣の流儀が鞍馬古流であり、いまでは流行《はや》らぬ剣法であることなどを話して聞かせた。

蔵人は、いつになく饒舌《じょうぜつ》だった。彩麿は、決して自ら話しかけようとはしなかった。出来うる限り長く座をもたせ、相手がぽろりと事実の欠片《かけら》でも洩らすことを密かに期待しての蔵人の動きだった。

「鞍馬古流、とはなにやら由緒ありげな流派ですな。かの京洛《けいらく》の地にある霊山、鞍馬山とかかわりでもあるのですか」

　彩麿が、はじめて興味を示してきた。

「左様。いにしえの武将、源義経《みなもとのよしつね》公が牛若丸《うしわかまる》と名乗っておられた幼少の頃、武術を教えた京の陰陽師、鬼一法眼《きいちほうげん》が修験者につたわる剣、槍、忍法などをひとつにまとめて編み出した兵法の流れを汲む一派、といわれております」

「忍法とは、伊賀、甲賀などにつたわる、いわゆる、忍びの技のことですか」

「如何様《いかさま》。その、忍びの技の一部も、わが鞍馬古流では修行します」

「そうですか……」

「その、忍びの技を駆使する者どもと、先日、思いがけぬ場所で、それも二度も出くわしましてな」

「ほう、それは……」

「町道場の代稽古といっても、依頼があって道場へ出かけるのは、せいぜい月の半分ていど。日頃は暇を持て余しておりましてな。少しは世間のお役に立とう、と剣術仲間と夜廻をはじめたのでござるよ」

「夜廻、ですか」

「そう。剣術しか能のない身。せいぜい、それぐらいのことしか出来ませぬ」

「出くわした忍びの技を使う者とは」

「いま江戸を荒らし回っている凶盗、赤猫の捨蔵一味の手下たちが、なぜか忍びの技らしき武術を使っておりましてな。とにかく身が軽い。人とはおもえぬ動きでした。危うく不覚をとるところで」

「その者たちの姿、形を覚えておられますかな」

「相手を見極める余裕など、とても、ありませなんだ。手強い相手でしてな。できれば二度と会いたくない。命あっての物種《ものだね》、というものでござるよ」

「そうですか。それほど強いのですか、赤猫の捨蔵の手下は」

蔵人は、ぐい呑みを傾けた。飲み干して、いった。

「なぜか、柳生新陰流につたわる柳生流十字手裏剣を使っておりましてな。二度の戦いも、投じられるであろう柳生流十字手裏剣の恐ろしさに負けて、釘付けにされました。いや、武術を志す者として、恥ずかしい次第ですが」

「さっき仰られたではないですか。命あっての物種、と」

彩麿が、微笑んだ。

「柳生流十字手裏剣には、後日談がありましてな。先夜、酒の上の些細な諍《いさか》いから柳生道場の門弟と果たし合いになりました。斬り合った、その柳生道場の門弟の急所に、飛来した柳生流十字手裏剣が突き立ちまして、結句、そ奴は絶命しました」

「柳生道場の門弟が、それは、なぜ……」

「おそらく、身共《みども》が赤猫の捨蔵の手下につけられていたのでござろう。身共を狙って投じた柳生流十字手裏剣が門弟にあたった、としか、おもえぬが……」

彩麿は手にしたぐい呑みに、凝っと目を落としている。

「いや、その御蔭で身共は大迷惑でござるよ。門弟殺しの犯人に違いない、と推量した柳生の門弟たちが張込みをはじめ、あげく、どこへ行くにもついてくる」

彩麿が顔を上げた。

「柳生が……それで木戸脇に身を潜めていたのは」

「気づいておられたのか。あのふたり連れは柳生道場の手の者でござるよ」

「柳生の、手の者……」

彩麿の声に揺れ動くものがあった。

蔵人は、一瞬見せた松風彩麿の錯乱を見逃してはいなかった。

これ以上の探りは止めるべきであった。突っ込めば、逆に、彩麿の疑念を高めることになりかねない。

蔵人は竹串を手にとり、蒲鉾をかじった。鰻の濃厚な味が口の中いっぱいに広がった。

見ると、彩麿も蒲鉾を食べていた。

すでに一刻近くなる。

（そろそろ切り上げる頃合いかもしれぬ）

蔵人は胸中で、そう呟いた。

その夜、木村又次郎は、本所南割下水《ほんじよみなみわりげすい》の、大身旗本の屋敷の建ちならぶ一帯を夜廻していた。真野晋作は駿河台から飯田町《いいだまち》、小川町《おがわまち》へとつながる屋敷町の夜廻をしているはずだった。

蔵人からは、

「赤猫の捨蔵一味と遭遇しても決して手出ししてはならぬ。ただ尾行し、隠れ家のひとつでも見つけだせたら上々の首尾」

といわれていた。

足を止めた木村又次郎は、土砂を摑み上げ宙へ投げた。

投げられた土砂は、そのまま落ちていった。

「風が、ない」

蔵人は、

「風のない夜に、赤猫の捨蔵一味は押込みを仕掛ける」

といっていた。だとすると、

「今夜あたりは危ない」

と、いうことになる。

木村又次郎は掌に息を吐きかけた。息の暖かさを掌に包み込むように、何度も揉《も》み手《で》をした。

風はないが冷気が骨の髄までしみこんでくる。おもわず身震いした。

大きく、くしゃみをして、再び歩きだした。

五

「結城蔵人が、新下谷町の長屋、市蔵店に住む男を訪ねてともに蕎麦屋へ出かけたと」

庄司喜左衛門は、腕を組んだ。柳生家上屋敷の、庄司の住まう長屋の座敷で、向かい合っているのは、蔵人の張込みを交代して戻ってきたばかりの佐竹孫造《さたけまござう》と戸田清介《とだせいすけ》であった。

庄司喜左衛門のなかに、赤井禄郎が柳生流十字手裏剣に倒れた夜に、蔵人の発したことばが甦《よみがえ》っていた。

「使われた武器からいえば、赤井殿を屠《ほふ》ったのは柳生道場の誰か、ということになる」

柳生流十字手裏剣を投じたのが、柳生道場の門弟でないことだけは明らかだった。

結城蔵人は、無駄な動きをする男ではなかった。わずかな付き合いだが、そのことだけは確信が持てた。その結城蔵人が、なぜ、その男を訪ねたのか。庄司喜左衛門は、宙を見据えた。

低く唸って、独り言ちた。

「そうか。柳生流十字手裏剣にかかわりあり、と睨んでのことか」

「柳生流十字手裏剣が、なにか」

佐竹孫造が問いかけた。

それには応えず、庄司喜左衛門が問うた。

「その、結城蔵人が訪ねた男のこと、名など調べ上げてきたであろうな」

「蕎麦屋の奉公人をつかまえて聞き出しました。男の名は松風彩麿。美人画を得意とする、今、売り出し中の浮世絵師だそうで」

「美人画を得意とする浮世絵師……」

首を捻った。結城蔵人が美人画を好むとは、とても、おもえなかった。

（やはり、何か意味があることなのだ……）

庄司喜左衛門の腹が、決まった。抱いた疑念はひとつずつ調べ上げ、結果を見極めて行かねばならない。

「戸田、村野と河合を呼んできてくれ。段取りを決めねばならぬ。明朝から市蔵店を見張る。松風彩麿の顔を見知っているのは、おぬしたちだけだ。佐竹は河合と、戸田は村野と組み、交代で張り込むのだ」

「すぐにも村野と河合を」

戸田が、畳を蹴立てて立ち上がった。


蔵人が住まいに戻ってほどなく、多聞が徳利を下げて訪ねてきた。隣りに住まう町医者が隣人と酒を酌み交わしにやってきた、という風情だった。これなら張り込む柳生の門弟たちにも、へんに勘ぐられることはない。

表戸を閉めてなかに入るなり、多聞がいった。

「まずは御頭にお詫びをせねばなりませぬ」

「とりあえず座敷へ。話はそれからだ」

蔵人は、奥の座敷へ向かった。

蔵人と向かい合って坐った多聞は、両手を畳につき深々と頭を下げた。

「実は、新九郎と十四郎に、護衛のため御頭の後をつけさせました。私めの一存で為したこと、責めはすべて私にあります。お怒りは我が身一身で受ける所存」

蔵人は凝っと多聞を見つめた。

ややあって、いった。

「……どうやら、新九郎と十四郎が何かを摑んできたようだな」

「御頭が向かわれた新下谷町の長屋、市蔵店には、なにやら焦臭《きなくさ》いものが感じられます」

「おれも、そうおもう。だから、浮世絵師の松風彩麿を訪ねたのだ」

「御頭をつける柳生の者たちを、新九郎と十四郎がつける。そのような形がつづいたとお考えくだされ」

多聞は、蔵人と彩麿が連れだって出かけた後を柳生道場の門弟がつけ、その後を長屋から髭面の男が町娘とふたりで出てきて、髭面の男ひとりが門弟たちをつけていった。その髭面の男は、蔵人と門弟たちをつけて貞岸寺の前までついてきた、と告げた。

「その髭面の男は、弥市という名の蝦蟇の油売りだ。そうか、弥市が後をつけてきたか」

予測より事態が急展開しそうな気配に、蔵人は笑みを浮かせた。

「新九郎と十四郎、大手柄であったな。いや、尾行を手配した多聞さんが一番手柄かもしれぬ」

「それでは、御役に立ちましたので」

「立ったとも。木村と真野につたえてくれぬか」

「お務めの中身がかわるのでございますな」

「明日から市蔵店に張り込んでくれ、となる」

「松風彩麿を張り込むのでございますな」

「いや市蔵店の店子や出入りの者たちを見張るのだ。それと」

「それと……」

「明朝、雪絵さんを仁七のもとへ走らせてくれ。松風彩麿の生い立ちなど知りうる限りのことを、大至急調べてほしい、とつたえてもらいたい」

「さっそく手配いたします」

多聞は再び、頭《こうべ》を垂れた。

貞岸寺境内に生い茂る木々を、吹きつける風が揺らしている。

濡れ縁に出ると、木の葉が舞い上がり、蔵人の前を走り過ぎていった。

貞岸寺裏の林に身を潜めている、柳生道場の者どもはさぞ寒かろう。御苦労なことだ、と蔵人はおもった。

風の強い日には、赤猫の捨蔵一味は動くまい、とみている蔵人は、この一日を、いままでの探索の結果を見直す作業にあてることにした。

文机《ふづくえ》に向かう。

巻紙をとりだし、筆を手にした。墨をつける。赤猫の捨蔵、柳生家、庄司喜左衛門、松風彩麿、蝦蟇の油売りの弥市と脈絡なく書き付けていった。

筆を置き、書いた文字を凝っと眺める。再度、筆を取り、市蔵店、と書きつけた。文字として見つめたとき、見落としていたものがあることに気づいた。

市蔵店の大家が誰か、調べようともしなかった。市蔵店に住んでいる者たちは、どう考えても、ふつうではなかった。一人暮らしの男がほとんどのようにおもえる。弥市には妹らしき身内がいた。お澄という名だった。

蔵人は、文箱を引き寄せ別の巻紙を手に取った。筆に墨をつけ、巻紙に何事か書き始めた。

市蔵店の大家は、持ち主は、どこの誰か。市蔵店にかかわる一切の事柄を大至急、調べ上げていただきたい、と記した平蔵宛の書状だった。

雪絵にはすまぬが仁七のところから帰ってきたら、すぐさま清水門外の火付盗賊改方の屋敷へ出向き、この書付を長谷川様に手渡してもらわねばならぬ、と蔵人は考えていた。蔭の組織の裏火盗で探索するより、火盗改メで調べ上げてもらうほうが、はるかに簡単だった。

蔵人は、一心に筆を走らせている。

市蔵店を張り込むべく新下谷町へやってきた木村又次郎は、町屋の角を曲がるや足を止めた。

「どうしました」

つづいた真野晋作が、問いかけた。

「見ろ」

木村又次郎が顎をしゃくって、指し示した。

市蔵店の路地木戸とおぼしきあたりに、どこぞの藩の江戸詰めの武士とみゆる二人が立っていた。

「柳生の手の者ですかね」

真野晋作が、いった。

「そうよな」

木村又次郎が、声を呑んだ。

柳生の門弟らしき二人が、木戸脇に身を隠したからだ。

しばらくして、猿回しと人形使いの二人が笑いながら、路地木戸から出てきた。二手に分かれて歩いていく。猿回しは柳生の手の者の方へ、人形使いは木村又次郎に向かって歩いてくる。

路地木戸から、さほどの距離ではなかった。木村又次郎と真野晋作に身を隠す余裕はなかった。

咄嗟《とっさ》に木村又次郎が向き直り、真野晋作と何やら話をしているような様子を装った。

やって来た人形使いが、足を止めた気配があった。

木村又次郎は、背中に突き刺さるかのような、凄まじいまでの、強い目線を感じていた。あきらかに殺気が籠もっていた。

人形使いと顔をあわせる形となった真野晋作が視線を背けた。

ぺっ、と足下に唾を吐き捨てた人形使いが、ゆっくりした足取りで歩き去っていった。

木村又次郎がその後ろ姿を見つめて、いった。

「あ奴、ただの人形使いではないな」

「ただならぬ目つきでした。隙あらば襲いかかろうとする気構えを、懸命に抑えているかのような気配で」

真野晋作が、応じた。

「御頭は市蔵店への出入りを見張れ、決して手出しはならぬ、と命じられた。しばしの間、張り込むだけなら、おれひとりで十分だ。柳生の者らしきふたりが市蔵店を張り込んでいること、ただちに御頭に知らせてくれ」

「はっ」

強く顎を引き、真野晋作が踵《きびす》を返した。早足で遠のいていく。

見送って、市蔵店の路地木戸に目をもどした木村又次郎が、ぼそりと、つぶやいた。

「さて、どこで張り込むか。二人の武士と市蔵店を、ともに見張れるあたりを探さねばなるまい」


蔵人は濡れ縁に坐って、目を閉じていた。

足音が近づいてくる。聞き慣れた音だった。

目を開くと、雪絵が蠅帳《はいちょう》で覆った昼餉をのせた折敷をかかげて歩いてくる。復申のため、昼餉の準備を整えた風を装っているのは、あきらかだった。

「雪絵さん、いつも、すまんな」

声をかけて、蔵人は立ち上がった。

蔵人は土間に下りて、表戸の心張棒をはずした。柳生の門弟が張り込みはじめてから、不意の切り込みに備えて、心張棒をかうことにしていた。

表戸を開くと、雪絵が入ってきた。板の間の上がり端《はな》に折敷を置くなり、表戸を閉めて振り返った蔵人に告げた。

「仁七さんのところから戻ってきましたところ、貞岸寺の門前で真野さまと鉢合わせをいたしました」

「晋作は、木村とともに市蔵店に張り込んでいたはず。何か、異変があったとみゆるな」

「柳生道場の門弟とおぼしき二人が市蔵店を見張っている、と御頭につたえてくれと仰って、すぐ引き返していかれました」

「柳生道場の者どもが、市蔵店を……」

蔵人は口を噤んだ。

昨夜、蔵人をつけてきた柳生の門弟ふたりを弥市が尾行してきた、と多聞から知らされた。

が、柳生のふたりは弥市の尾行に気づいてはいなかった。なぜなら柳生のふたりが、松風彩麿と別れた蔵人の後をつけて、貞岸寺裏へやってきたのを、十四郎と新九郎が見届けている。

どこにも、柳生の者どもが市蔵店を張り込むきっかけとなることなど、存在しなかった。

「そうか。庄司喜左衛門か」

おもわず、その名を口に出していた。

「庄司喜左衛門とは、あの、柳生道場の師範代の……」

「そうだ。その庄司喜左衛門が、市蔵店を訪ねたおれの動きから、何事かを察して手配りしたのだ」

雪絵は黙って、蔵人を見つめている。

蔵人は、不敵な笑みを浮かべた。

「おもしろい。どうやら庄司喜左衛門は、赤井禄郎を殺したのはおれではない、と判じているようだ。柳生流十字手裏剣を使う曲者《くせもの》の手がかりとなりそうなものには、すべて探索の手をのばしていく。そう決めているに違いない」

「それでは……」

「雪絵さん。すまぬが長谷川様へ書状を届けてくれぬか。裏火盗より火付盗賊改方で調べてもらったほうが手際よく済ませることができる案件があってな。依頼するべくしたためたものだ」

「すぐさま」

「いや、おれの昼餉が終わってからでよい。でないと、折角、昼餉を届けに来たふうを装って訪ねてきた意味がなくなる」

「たしかに。私としたことが世慣れぬ娘みたいに焦って、情けない……。火種を残してあります。お湯を沸かしましょう」

微笑み、袖口から襷《たすき》を取りだした。


はぐれたのか、一羽の鳥が紅《くれない》に染めあげられた空に黒い影を浮かべて、飛び去っていく。おそらく塒《ねぐら》へ帰るのであろう。

松風彩麿は、しばし足を止めて空ゆく鳥影を見つめた。

「はぐれ鳥か。うまく群れにもどればよいが……」

黒い影が空の彼方に消え去ったのを見届け、歩きだした。

(おれには、もどる群れもない。行く先も見失った、迷い鳥なのだ)

彩麿は、微かに笑みを浮かせた。暗く、沈みきった、感情の失せた目で、前を見据えて歩きだした。蔵人には見せたことのない、陰鬱《いんうつ》な顔つきだった。

まもなく市蔵店の路地木戸といったところで、彩麿の足が止まった。

前方を見据える。

路地木戸の傍らに、ふたりの江戸詰めの藩士とおぼしき風体の者がいた。

「柳生の手の者……」

彩麿の顔には、不敵な笑みがあった。魔性の者が、その本性を剝《む》き出したかのような、傲岸《ごうがん》で残忍な光が、その眼に宿っていた。

彩麿は、柳生のふたりへ視線を注ぎながら、路地木戸へ向かって悠然と足を踏み出した。

第四章　追《つい》　逐《ちく》

一

柴田源之進は住まいを出て、貞岸寺裏からつらなる木立の切れたところに立ち尽くしていた。

目の前に浅草田圃が広がっている。

その向こうに日本堤が見えた。

日本堤は、山之宿から新吉原の大門口《おおもんぐち》を経て三ノ輪に至る、山谷堀ぞいの土手である。

夜四つ（午後十時）を告げる鐘は、とうに鳴り終えていた。

土手に建ちならぶ葦簀《よしず》張りの茶店が店終いした後には、屋台が諸処に店を開き、吉原帰りの男たちや遅出の者たちを呼び込んでいる。

新吉原の楼閣の灯りが夜空に映えて、その一帯には、さながら、夜明けを告げる昇りかけの朝日がとどまっているかのように見えた。

が、柴田源之進の目は、不夜城ともいうべき新吉原の光景をとらえていなかった。

夜空をぼんやりと眺めている。

ふう、と大きく溜め息をついた。

長崎屋などの焼け跡から見いだされた、肉筆の浮世絵の切れ端にかかわる探索は、まったくといっていいほど、すすんでいなかった。

（やり方が間違っているのかもしれぬ……）

これまで何度も繰り返してきた、おのれへの問いかけだった。

が、

（他によき手立てがみつからぬ以上、いまのまま調べつづけるしかないではないか）

との結論に落ち着くのが常であった。

しかし、今夜の柴田は、いつもと違っていた。

このまま公儀御文庫で、異国の風景を写した絵画にあたっても、無為に時をつかうだけではないのか、との焦燥感が柴田源之進をとらえて離さなかった。

異国のことを知る。

その一点に絞って考えつづけたとき、柴田源之進を衝撃が襲った。

(おれは異国の風景のみを求めて、御文庫の蔵書を漁《あさ》っていたのだ。異国のことを知ることと、異国の風景を探し求めることとは、似て非なるものなのだ……)

柴田源之進はあらためて夜空を凝視した。

新吉原の灯りに負けて、その明るさを失っているかにおもえた星は、微かな光ではあったが、存在を示してたしかに輝いていた。

(異国を知ることは、必然、風景を知ることにつながるのだ……)

柴田源之進は、明日からの探索に一筋の光明がさしかけた、との強い手応えを感じとっていた。


弥市は市蔵店の屋根の上にいた。

躰《からだ》を低くして、路地木戸近くまで這いすすんだ。

目を凝《こ》らす。

路地木戸の脇に、ふたりの武士が坐り込んでいた。どこからか、腰をかけるには具合のいい石を運んできたらしい。姿を隠す様子は、まったくなかった。

弥市は、帰ってきた松風彩磨がいきなり訪ねてきて、発したことばを思いだしていた。

「柳生家の手の者とおぼしきふたりが、路地木戸のそばにいる。姿を隠そうともしていない。見張っていることをあからさまにし、市蔵店の店子がどういう反応をしめすか試しているのだ」

「……おれに、どうしろというのだ」

「災いの種は、種を蒔いた者が刈り取ればいい。それだけのことだ」

土間に立ったまま松風彩磨は、抑揚のない声でいった。

「わかった。おれが、すべて始末する」

応えた弥市を冷ややかに見据えて、彩磨がつづけた。

「柳生の始末がつくまで、すべての動きを止める。いいな」

「それは、どうかな」

「どう、とは？」

薄ら笑った弥市を、彩磨が見据えた。

重苦しい沈黙があった。

弥市が視線をそらして、いった。

「何はともあれ、いまは動かぬ、と決めておこう」

松風彩麿は鋭い一瞥をくれ、出ていった。

お澄が、支度してあった夕餉を載せた折敷《おしき》を手に、その後を追った。

そのまま帰って来ぬ所をみると、茶でも沸かし給仕などしているのだろう。

（おもえば不憫《ふびん》な奴だ）

お澄が松風彩麿を慕っていることは、弥市にもわかっていた。たったひとりの、血肉を分けた妹なのだ。彩麿を見る目、対する所作に彩麿へのおもいが滲《にじ》んでいるのを気づかぬはずがなかった。

「所詮、人のこころを失《な》くした男なのだ」

彩麿のことである。

弥市は、いまは、松風彩麿と深いかかわりを持ったことを悔いていた。

一時の激情にまかせて、行動を共にしたとのおもいが強い。

「そのうち、おれのこの手で彩麿を斬る」

それがお澄を、片想いから救う唯一の手立てだと信じている弥市であった。

さまざまなおもいをめぐらしていた弥市が、

「む……」

と呻いて、屋根に身を伏せた。

路地木戸を張り込んでいたふたりへ歩み寄る、新手《あらて》の武士たちがいた。

張り込みを交代するためにやってきたようだった。

何事か話し合っている。引継ぎをしているのだろう。

手短かに話し終え、それまで張り込んでいた二人が、新手がやってきた方へ歩き去っていった。

（あの方角には、柳生家の屋敷がある……）

胸中でつぶやき、目線を路地木戸の脇へうつした。

新手の二人が、やはり石に腰をおろし、交代した武士たちと同じ格好で張り込んでいる。

（柳生の手の者は、昼夜の別なく、この市蔵店を見張りつづけるつもりなのだ）

弥市は、事の重大さを、つくづく思い知らされていた。

（これでは、迂闊に動けぬ）

弥市は身を伏せたまま、這って後退《あとずさ》っていった。

満天に煌めいていた星が、払暁の空の彼方へ吸い込まれていく。ほどなく朝日が顔を出す頃合いであった。

結城蔵人は庭へ出た。草履《ぞうり》を履いた足に踏み砕く霜の感触があった。

吐く息が白い。

蔵人は帯びた胴田貫を、ゆっくりと抜きはなった。

刀身が、鈍い光を発している。何人もの生き血を吸った刀であった。命を奪った相手の、それぞれの生き様をおもうとき、蔵人のこころに、深い懊悩が浮き上がってくる。

斬りたくない相手も数多くいた。

いまは裏火盗の一員となった安積新九郎の剣の師・葛城道斎《かつらぎどうさい》。

幼いころ、血はつながらぬが兄ともおもい、慕った藤木彦之助《ふじきひこのすけ》。

戦国の武将、明智光秀の血流を継ぎ、名門の重圧に翻弄された明智兵庫《あけちひょうご》。

蔵人を片想いし、恋慕の炎に身を焦がしつづけた女を妻にしたことで、憎悪と嫉妬の念に狂い、戦いを挑んできた原田伝蔵《はらだでんぞう》。

蔵人の得意とする秘剣「花舞の太刀」を破りながらも、勝ちを譲って自ら死を選んだ御堂玄蕃《みどうげんば》。

正眼に構えた胴田貫の切っ先の向こうに、死力を尽くして戦った、それぞれの姿が浮かび上がっては消え、また浮かび上がった。

蔵人は、胴田貫を大上段に振り上げ、振り下ろした。

地面と紙一重の位置で止める。

同じ所作を何度も繰り返すうちに、蔵人の懊悩も次第に薄らいでいくのだった。

(誰かが、やらねばならぬことなのだ)

世に悪がはびこるかぎり、命果てるまで戦う、と決めて任務についた蔵人であった。

(世に害悪を流し理不尽をつづける者を、命を絶つ理不尽を為して刈り取る。おれの理不尽は一瞬。悪人どもの理不尽は命あるかぎりつづく……)

人の命を絶つことに怯《ひる》みがちなこころに、そう告げて、任務に励みつづけてきた。

胴田貫を打ち振る。

いま、蔵人の前方には、胴田貫を操る黒装束の姿が幻像となって、浮かび上がっていた。

斬り結ぶ。

何度か打ち合ううちに、黒装束の強盗頭巾がはがれ、松風彩麿の顔が露わになった。

なぜ松風彩麿なのか、蔵人にも、わからなかった。

が……。

胴田貫の打ち振りをつづけるうちに、松風彩麿の所作と、胴田貫を振るう黒装束の動きに、似通ったものがあることに気づかされていた。

どこがどう似ているのか、はっきりとはいえなかった。ただ、斬り合う相手の一挙手一投足に、一瞬たりとも目を離すことが許されぬ、剣客としての本能ともいうべき感覚が、告げていることであった。

蔵人は、松風彩麿の振るう胴田貫と激しく打ち合っていた。張り込む柳生の門弟たちのことは、すでに、意識から消え去っていた。

(手の内をさらしてもよい。おれの剣技《わざ》を、庄司喜左衛門につたえたくば、つたえるがよい)

との、おもいがあった。

蔵人は下段に構え、大きく逆袈裟《ぎゃくげさ》に胴田貫を打ち振った。

雪絵がととのえてくれた朝餉を食した蔵人は、濡れ縁に坐った。

柳生の門弟の、万が一の襲撃にそなえて、いつでも抜刀できるように、左脇に胴田貫を置く。

目を閉じると、静寂が蔵人を包み込んだ。張り込んでいるふたりの柳生者の息づかいさえ、間近に聞こえる気がする。

(風が、ないのだ……)

蔵人が、夕暮どきにも松風彩磨を訪ねようか、と思いはじめたとき、ひとつの足音が耳をとらえた。

聞き覚えのある足音だった。

耳をすます。

次の瞬間——。

蔵人を、驚愕が襲った。

その足音の主は、柳生の者どもの張り込むこの場に、決して、姿を現してはならない人物だった。

蔵人は、大きく眼《まなこ》を見開いた。

目線の先に、深編笠をかぶった着流しの、大身旗本の忍び姿とみゆる武士の姿があった。

ふらりと町歩きにでも出たかのような、ゆったりとした足取りで近づいてくる侍こそ、まさしく、火付盗賊改方長官・長谷川平蔵、その人であった。

二

居住まいをただした蔵人の前に立ち止まった平蔵は、深編笠の端を持ち上げた。微かに笑みを浮かべた顔がのぞく。

「柳生道場の手の者がふたり、後ろの雑木林に身を潜めておりまする」

蔵人が小声でいった。

「かまわぬ」

聞こえよがしに、声を高めていった。

「火付盗賊改方長官の長谷川平蔵に、恐れるものなど何もないわ」

一瞬……。

蔵人が見つめなおした。その目が、正体をさらしてもよいのか、と問うている。

「よいよい。何かと付き合いの深い、町場の剣客を訪ねるに何の遠慮があるものか。下手な張り込みをする者どもに、存分に聞かせてやるのよ」

「しかし……」

蔵人が、柳生の門弟が張り込むあたりへ視線を走らせた。

深編笠をとり、平蔵が、にやり、とした。悪戯《いたずら》を仕掛けた悪餓鬼がよく浮かべる、得意げな顔つきと似ていた。

「ここから入るぞ」

沓脱石《くつぬぎいし》に足をかけた。


座敷で、蔵人と向かい合わせに坐るなり平蔵が告げた。

「市蔵店のこと、分かった。もっとも町役人《ちょうやくにん》に届けてある程度のことだがな」

公の組織である火盗改メだからこそ出来うる、迅速きわまりない調べだった。

(蔭の組織である裏火盗では、とても、こうはゆくまい……)

早くて数日は要するだろう、と蔵人はおもった。

「市蔵店の大家で、地主でもある市蔵は、いま箱根《はこね》湯本《ゆもと》で湯治《とうじ》をしている。かれこれ二年近くになるそうな」

「二年……」

蔵人は、松風彩麿の描く美人画の浮世絵がはじめて売り出されたのは、何年前だったのだろうか、と、おもった。何の脈絡もなく浮かんだことだったが、なぜか、重要なことのように感じられた。

平蔵がつづけた。

「大家の代人《だいにん》は、郁蔵《いくぞう》、と届け出がある。市蔵は独り身でな。郁蔵は、市蔵の遠い親戚にあたるそうだ」

「郁蔵……。市蔵店にいるのですか」

「住んでいる。いま売り出し中の、美人画を得意とする浮世絵師・松風彩麿が、その郁蔵だ」

「松風彩麿が、大家の代人ですと」

平蔵が大きく顎を引いた。

「そうだ。地主の代人でもある」

蔵人は、うむ、と唸った。

松風彩麿が地主、大家の代人なら、市蔵店に誰を住まわせるか決めるのは、彩麿の胸三寸、ということになりはしないか。

市蔵店に住んでいるのは、蝦蟇《がま》の油売りや猿回しに鋳掛屋など、大道を流して商いをする者たちがほとんどだった。

平蔵がつづけた。

「二年少し前、売りに出ていた長屋を市蔵が買い取ったという話だ。市蔵は大家になってほどなく躰をこわし、箱根湯本へ越していったということになる」

「長屋に住んでいた店子《たなご》は、いまも、そのまま住み続けているのですか」

「いや。だいぶ古びているので一度建物を取り壊して立て直す、という市蔵からの申し入れがあり、それまでの店子はみんな、別の長屋へ引っ越していったそうだ」

「ならば、長屋は、すべて新しい店子に入れ替わったわけですな」

平蔵が無言でうなずいた。

蔵人は、黙り込んだ。

蝦蟇の油売りの弥市と彩麿は、大家と店子をこえたかかわりのようにおもえた。お澄も、彩麿の身内同然の者のように感じられた。

他の店子たちとは言葉をかわしたことはない。が、似たような、親しいかかわりではないのだろうか。

訪ねた折り、蔵人と連れだって出かけようとした彩麿に、弥市がかけた言葉が脳裏に甦った。

「夕餉の後、長屋のみんなと会合を開くことになっていたはずだが」

会合？……どんな会合だというのか。蔵人のなかで疑惑の渦が、大きく広がっていった。

(あの夜は、風がなかった。押込みでもはたらく気でいたのではないのか)

蔵人は胸中で苦く笑った。松風彩麿が赤猫の捨蔵一味とかかわりがある、との証は何ひとつないのだ。

(すすまぬ探索に、疑心暗鬼のおもいだけが膨らんでいるのだ……)

平蔵に問いかけた。

「市蔵について、他に知り得たことはありませぬか」

「市蔵は七年前まで廻船問屋［陸奥屋《むつや》］の番頭を勤めていた。幼い頃に丁稚《でっち》奉公し、四十年余も勤め上げて、陸奥屋主人の片腕、商売上手と評判の男だったらしい」

「廻船問屋陸奥屋？　どこかで聞いたような……」

「もう五年になるかな。オロシアとの抜け荷のかどで、闕所《けつしょ》の上、主人が磔《はりつけ》に処せられた大店《おおだな》だ。箱館《はこだて》、松前《まつまえ》、津軽《つがる》など蝦夷《えぞ》、陸奥《むつ》、奥州《おおしゅう》に十カ所の出店を持っていた」

「オロシアとの抜け荷……」

「天明六年に老中職を罷免された田沼意次《たぬまおきつぐ》様は、ひそかにオロシアとの交易を画策され、それを果たしうる人物として、蝦夷、陸奥沖に広がる朝鮮海峡から津軽海峡の沿岸一帯を経て、八戸《はちのへ》沖をめぐり江戸に至る、東廻りの千石船三十数隻を擁する陸奥屋に、白羽の矢をたてられたのじゃ」

「当時は権勢並ぶ者なし、といわれた田沼様の申し入れ、陸奥屋には断る術《すべ》はなかったでしょうな」

「そうよ。いわば公然の秘密、ということで、当時の幕閣の要職についた者たちはみな、陸奥屋が、田沼様の意をくんでオロシアとの抜け荷を行っていることを知っていたはずじゃ」

「それが厳罰に処せられることになったのは、田沼様の失脚が原因……」

「おそらくな。田沼様罷免が間近に迫ったとき、幕府の窓口としてオロシアとの抜け荷にたずさわっていたのは勘定方の面々だった。勘定奉行を中心に陸奥屋の抜け荷を事細かく管理し、儲けの五割を召し上げていた」

「儲けの五割、をも」

「あくどい話よ。田沼様、かかわった勘定奉行ならびに勘定方で、その半分を懐に入れ、後の半分を幕府におさめたという」

「……それは、あまりにも無体な」

平蔵が苦い笑いを片頰に浮かべた。

「心中では誰もが、そうおもった。が、あくまでも蔭で囁《ささや》かれていた話、確証はない。田沼様の権力を恐れて、真相を追及しようとする者はいなかった。かくいう長谷川平蔵も、見猿聞か猿云わ猿の三猿を決め込んだひとりじゃ」

蔵人は、黙った。

長谷川平蔵は、田沼意次によって火付盗賊改方長官に推挙された。平蔵にとって、田沼意次は、いわば、その才を見いだして世に送り出してくれた恩人ともいうべき人物でもあった。たとえ、田沼の悪事を嗅ぎだしても、先頭だって暴《あば》き立てることは出来かねる立場にあった、といっても過言ではない。

平蔵が、つづけた。

「田沼様の後任は質実剛健を唱え、田沼様の行った賄《まいない》づけの金権政治を真っ向から否定する松平定信様と、ほぼ決まっておった。田沼様の息のかかった者たちは後難を恐れて、すすんでいた全ての施策を闇に葬ったのじゃ」

しばしの間があった。

蔵人が、口を開いた。

「陸奥屋のこと、詳しく調べていただけませぬか」

「わしも、陸奥屋のこと、気にかかっておった。清水門外の役宅にもどり次第、相田と小柴に命じて、すぐにも探索にかからせよう」

「陸奥屋の主人が磔に処せられたあと、内儀や家族がいかような扱いを受けたか。そのことも知りとうございます」

「わしも、だ。できるだけ早く結果を知らせられるよう運ばせるつもりだ」

蔵人が一膝すすめていった。

「柳生の者ども、私が出かければ必ず尾行してくるはず。私が出たあと、お帰りいただければ」

「無用じゃ」

「は?」

「すでに、わしは、わが名を名乗っている。張り込んでいる者がつけてきても、いっこうにかまわぬ。堂々と役宅へもどる」

「長谷川様と柳生との間に、何らかの確執が生じる恐れもあります。争いの種はまかぬほうがよろしいか、と」

「争ってもよいではないか。それと、わしの息がかかっている者とわかれば、柳生も無謀な動きは控えよう。蔵人、そちの身に降りかかる火の粉が少しは減るのではないか」

「それは、たしかに……」

「たがいに助け合う。それでいいではないか。な、蔵人」

「長谷川様……」

蔵人の胸中に、こみあげる熱いものがあった。

平蔵は笑みを浮かせて、凝然と見つめている。


柳生家の家臣・内村洋平《うちむらようへい》は、愕然と立ち尽くした。目前に聳えるのは、清水門外の火付盗賊改方の役宅の表門であった。

結城蔵人を訪ねてきた深編笠の、浪人とも見紛《みまが》う着流しの人物は、たしかに、

「火付盗賊改方長官・長谷川平蔵」

と名乗った。

その折りは、半信半疑だった。

それがいまは、まさしく長谷川平蔵本人である、との確信に変わっていた。

結城蔵人の住まいを出た深編笠の浪人を尾行してきた内村洋平は、その男が、清水門外の火付盗賊改方の役宅に入っていったのを、しかと見届けた。しかも、門番が腰を折り、丁重な礼をもって迎え入れたのだ。その態度からみて、役宅の主であることはあきらかだった。

長谷川平蔵が蔵人の住まいを訪ねた用件のほどは分からない。が、結城蔵人が火盗改メとかかわりのある人物であることはたしかだった。

「まずは、庄司殿にお知らせせねば」

内村洋平は、大慌てで踵を返した。


それから半刻（一時間）ほど後のこと……。

柳生家上屋敷の一画にある、庄司喜左衛門の長屋の一間には、重苦しい沈黙が立ちこめていた。

床の間を背にして、目を閉じた庄司喜左衛門が坐していた。向かい合って内村洋平が坐っている。

目を開いて、庄司喜左衛門がいった。

「結城蔵人が火付盗賊改方の息のかかった者だとすると、迂闊なことはできぬな」

溜め息をついた。

「火付盗賊改方が支配できるのは町人地のみ。わが柳生家を探索し、裁く権限はない」

わずかの間があった。

「やはり、柳生流十字手裏剣か。結城蔵人は、真実《まこと》、柳生流十字手裏剣をつかう一味の探索をしているのであろう。柳生に何らかの陰謀あり、とみなしてはいまい。いや、そうともいえぬ」

独り言のような庄司喜左衛門の物言いであった。

首を捻《ひね》る。

さまざまな思惑が駆けめぐっているであろうことは、眉の間に刻み込まれた縦皺からも見受けられた。

「なぜ、いま、火付盗賊改方長官が結城蔵人とのかかわりを自ら白日にさらすような動きにでたのか。解せぬ」

呻《うめ》くような呟きであった。

さらに、首を傾げる。

（庄司様は、最近、よく、このような表情をなされる）

内村洋平には、こころに、さらに重しが積み重ねられたかのように感じられた。庄司喜左衛門は、修行一筋の無骨な人物だった。他人との駆け引きなど、もっとも苦手とする人物であった。

それが、いま、柳生流十字手裏剣を用いて凶事をはたらく者どもの探索にあたっている。敵の動きを探り、腹の内を見透かして次なる動きを読む。権謀術策《けんぼうじゅつさく》をめぐらさねば、果たし得ぬ役目であった。

気の毒、だとおもう。内村は、庄司喜左衛門の人柄をつねづね、好ましいと感じていた。

が、いまは、その良さが失われている。

と……。

庄司喜左衛門が、唐突に告げた。

「内村、結城蔵人の張込みにもどれ。何を企んでいるかわからぬ。警戒を解くわけにはいかぬ」

声音に凜《りん》としたものがあった。

「は。ただちに貞岸寺裏へ向かいまする」

内村の顔に緊迫が漲《みなぎ》った。

こんもりとした木立が風に揺れている。

前庭を、吹き上げられた枯葉が束の間の舞いを競い合うかのように、大きく躍り上がっては、はらはらと散っていった。

蔵人は、濡れ縁に坐って枯葉たちの競演を見つめている。

張り込んでいた柳生の手の者のひとりが、平蔵の後をつけていったのを蔵人は見届けていた。

平蔵が、火付盗賊改方の役宅へ入っていったのを見届け、いまごろは柳生家上屋敷へ立ち帰り、庄司喜左衛門に事の経緯《ゆくたて》を報告しているに違いない。

さすが、だとおもう。

長谷川平蔵の腹のくくりをである。

探索が、睨み合いの膠着《こうちゃく》状態にある、と推察した平蔵が、柳生から何らかの動きを引き出すべく、自らを囮《おとり》役に仕掛けた罠、といえた。

庄司喜左衛門が動けば赤猫の捨蔵一味も動くやもしれぬ、と蔵人は推断していた。風は相変わらず、吹き荒れている。

(今夜は、まず、赤猫一味の押込みはあるまい)

とみていた。

夕暮どきに松風彩麿を訪ねるのは止めにしよう、とも判じていた。

「さて、どう、出てくるか」

赤猫の捨蔵一味と、柳生家が、である。

蔵人は、静かに目を閉じた。

凄まじいまでの風の音が、耳朶《じだ》を打った。

蔵人は、風とかわす木々の声に、耳を澄ませた。

三

時は遡って、平蔵と蔵人が貞岸寺裏の住まいで、市蔵店について話していたころ……。

御殿山近く、善福寺門前で茶店をいとなむ豆狸《まめだぬき》の岩吉が、突然、橋場《はしば》の真先稲荷そばの茶店の親爺におさまっている、韋駄天《いだてん》の巳之吉を訪ねてきた。

このところ、巳之吉の茶店の二階に居候をきめこんでいる、無言《しじま》の吉蔵の顔を見かけるなり、破顔一笑して近寄ってきた。

「無言の親分、みつかりやしたぜ」

「みつかった？　まさか」

「その、まさか、でさ」

「人違いじゃあるめえな」

「あっしは、赤猫の捨蔵の手下として盗みをした男ですぜ。まず、見間違うことはありませんや」

「顔改めをしたのか」

「へい」

「どういう手蔓《てづる》で、みつけたんだ」

「赤猫の捨蔵のもとで盗みをしていた連中が、まだ江戸に残って、こそこそとちっぽけな盗みを重ねてますのさ」

「そういう連中に片っ端から、あたったってわけだな」

「図星で」

「どこにいるんだ？」

「板橋宿《いたばししゆく》の外れにある永安寺《えいあんじ》で、寺男の真似事をしてまさ」

「寺男を？」

意外な隠れ場所だった。寺地なら火付盗賊改方の支配違いで、まず探索の手が及ぶことはない。

（捨蔵め、うめえところに目をつけやがった……）

と、吉蔵はおもった。岩吉に目をもどして、いった。

「御苦労ついでに、もう一足のばしてくれるかい。赤猫の捨蔵のところへ、案内しておくれな」

「ようがすとも。盗っ人の鑑《かがみ》、と惚れつづけてきた無言の吉蔵親分との道行きだ。胸がわくわくしてきましたぜ」

小さな眼を輝かせたものだった。


永安寺は、板橋宿を貫く中山道からはずれた小山の中腹にあった。

人ひとり通るのがやっとの、獣道に毛の生えたていどの広さの山道を登っていくと、突き当たりに永安寺があった。小さな本堂に庵《いおり》、粗末な小屋が建てられている。

荒れ果てて朽ちかけた古寺に、いずこから流れてきたのか知らぬが、四十代の僧が住みつき、山の木を切り倒して一人で修復し、住みついて、すでに十数年になる、と岩吉が、村人から仕入れた噂話を、吉蔵に聞かせてくれていた。

この住職はなかなかの博学で、村に出ては辻説法を繰り返し、次第に信を得て、いまでは、人柄を慕って弟子入りした僧がすでに数人、庵に住みついている。

「来る者は拒まず」

が住職の信条らしく、小屋で住み暮らしている赤猫の捨蔵らしき寺男が、いつ住みついたか村人も知らない、という。

大きな丸太を組み合わせただけの簡略な表門に、龍峰山《りゅうほうざん》永安寺と書かれた粗末な額が掲げられている。

門前に立った吉蔵は、なかを覗き見た。山林を切りひらいた狭い境内だが手入れは行き届いている。

本堂の前で、白髪《しらが》まじりの五十がらみの男が竹箒《たけぼうき》で落葉を掃いていた。躰が不自由なのか、右足を引きずっている。

「あの男が……?」

吉蔵の問いかけに、背後に控える岩吉が応えた。

「赤猫の捨蔵、に間違いありやせん」

うむ、とうなずいた吉蔵は、つかつかと寺男に歩み寄った。

気配に赤猫の捨蔵が顔を上げた。

「赤猫の捨蔵、さんだね」

捨蔵の顔に怯えが走った。

顔を背けていった。

「お人違いを。あたしは、この永安寺の寺男で磯吉《いそきち》といいます」

と……。

吉蔵のうしろから声があがった。

「赤猫の捨蔵親分、お久しぶりで。あっしですよ。豆狸の岩吉でさ」

声のほうを見た捨蔵が、言葉にならない声を低く洩らした。

「覚えておいででしょう、赤猫の親分。手下として一度、つかっていただきやした岩吉でございますよ」

捨蔵の眼前に薄ら笑いを浮かべた顔を突き出した。

「くそっ」

手にした竹箒でいきなり岩吉に殴りかかった。

「何しやがる」

叫んだ岩吉が横っ飛びに逃れた。

足を引きずりながら、捨蔵が吉蔵の脇をすり抜けようとしたとき、

「待ちな、捨蔵。無言の吉蔵だ。話があって来た」

捨蔵の足が止まった。向き直って、いった。

「無言の吉蔵だと。無言の吉蔵が、世を捨てたおれに、赤猫の捨蔵に、何の用があるというんだ」

「赤猫の捨蔵に盗っ人としての意地をみせてもらおう、とおもってな」

「盗っ人の意地？」

「そうよ。偽者の赤猫の捨蔵が江戸の町を荒らし回っている。本物としちゃ、偽者をこのまま見逃しちゃ、ちと、まずかろうとおもってな」

「……偽者に勝手気儘に振る舞われて、いい気持でいる奴はいねえ。だが、だがよ。火盗改メの鬼の平蔵にぶった斬られた足が、動かねえ。この不自由な躰じゃ、何もできねえんだよ」

「悔しいかい。名を騙《かた》られてよう」

「悔しいさ。悔しくて、夜も眠れねえ」

「極道非道の、汚れきった畜生盗みで売った悪名だぜ。騙されても惜しくはねえんじゃねえのか」

「無言の、ことばが過ぎるぜ。盗みはすれど非道はせず、と気取っても、所詮、他人様《ひとさま》の金品を奪うんだ。畜生盗みと大差はあるめえ」

それまでの怯えた、おどおどした態度とはうってかわった、捨蔵の様子だった。無言の吉蔵が薄ら笑った。見据えた眼に獰猛《どうもう》な獣をおもわせる、凄まじいまでの凍えた光があった。

「な、なんでえ。おれを、どうする気だ」

捨蔵が胸を反らした。精一杯の虚勢とおもえた。

「それだけの威勢が残ってりゃ大丈夫だ」

おだやかな吉蔵の物言いだった。

「大丈夫？　どういうことだ」

「捨蔵。おめえにかわって偽者の赤猫の捨蔵をやっつけてくださるお方がいる。会って、おめえの悔しさを洗いざらい、ぶちまけちゃどうだい」

「罠、じゃあるめえな」

「罠、か。そうかもしれねえよ」

「初めて面《つら》つきあわせたおめえを、信じろというのか」

「そうよな」

吉蔵は、捨蔵が住み暮らしているであろう掘っ建小屋のまわりに、高さ一尺（約三十センチメートル）ほどの石仏が置かれているのに気づいた。五十体はあるだろうか。小屋の入り口脇に、彫りかけの石仏が一体、立てかけてあった。

（まさか、捨蔵が、これを……）

信じられなかった。赤猫の捨蔵は、押し込んだ店の家族、奉公人を皆殺しにし、金品を奪ったあげく、家屋に火をつけて逃亡するという、畜生盗みに輪をかけた、極悪非道の悪党なのだ。

しかし……。

そこに、たしかに、削《けず》りかけの石像がある。

多数の石仏が、木々の間をめぐるように鎮座している。

（まさか……）

と、再び、吉蔵はおもった。

しげしげと捨蔵を見つめた。

「なんでえ。穴のあくほど見つめやがって。おれの面に、なんか文句があるのか」

荒っぽい口振りだった。が、その目は力なく地面に落ちていた。

「あの、石仏さんたちは、捨蔵、おめえが彫ったのかい」

「そうよ」

「……器用な、もんだな」

「器用？　そんなもんじゃねえ。もっと」

つづくことばを呑み込んだ。

ややあって、吐き捨てるように、いった。

「いや。いってもわかるめえ。おれひとりの、ことだ」

「おれひとりの、かい。聞かせてもらいてえな、是非にもよ。そのあたりの、石仏造りの、苦労をさ」

「……そんな、苦労、なんて感じたことはねえ。ただ、ただ、彫らずにいられねえんだよ。ここが、痛いんだ。痛くて、痛くて、たまらねえんだよう」

捨蔵は、拳で胸を強く叩いた。肋骨が折れるのではないか、とおもえるほどの乱暴な叩きぶりだった。

「そうかい。胸が、痛いのかい」

吉蔵は、あえて、こころ、とはいわなかった。胸、としかいい表しえない、何かを感じとっていた。捨蔵が体験したことは、捨蔵にしか分からない。そのとき、こころ、に覚えた痛みは、吉蔵には計り得ぬことなのだ。

「そうかい、胸、がね……」

独り言《ご》ちた吉蔵は、もう一度、視線を石仏の群れにもどした。仏の顔のひとつひとつを見定めるように、ゆっくりと目線を流し、彫りかけの石の仏像で動きを止めた。

捨蔵を、振り返って、いった。

「どうだい。会うかい」

何年も会っていない、幼なじみに問いかけるような親しげな口振りだった。

捨蔵が、顔を上げた。

「……半死半生でたどりついたおれに、何ひとつ事情《わけ》もきかず、看病して寺に置いてくれた御住職さまに迷惑をかけるわけにはいかねえ」

「御住職さまに迷惑をかけるわけにはいかねえ、か。赤猫の捨蔵も、多少は、人並みのこころを持ち合わせたようだな」

「……命の恩人だ。骨の髄まで腐っていたおれだが、少しは生まれ変わったつもりよ。いままでは、門前の小僧経を覚える、の譬《たと》えどおり、日々、経文を唱えながら石の仏像を刻んで、この手で殺《あや》めた人たちの供養をする暮らしぶりだ」

ふっ、と自嘲めいた笑みを浮かせた。

「もっとも、にわか仕立てのこった。積もり重ねた悪行、とても許しちゃもらえねえだろうがね」

「会いに、行くね。偽者の赤猫の捨蔵を、おまえのかわりに成敗してくださるお方に」

「御住職さまに迷惑はかからねえな。約束してくれるな」

「おれの、白髪首にかけて、約定するぜ」

「正道を歩きつづけ、盗っ人の矜持を貫きとおした無言の吉蔵のことばだ。信じるぜ。たとえ鬼の平蔵の前に引き据えられても、文句はいわねえ」

「……いい、度胸だ。見直したぜ」

赤猫の捨蔵は、微かに笑った。照れたような顔つきだったが、その眼には一点の曇りもなかった。

それから二刻（四時間）ほど後のこと……。

結城蔵人は、橋場は真先稲荷近くの、川魚料理が売り物の料亭［松《まつ》ヶ枝《え》］の暖《の》簾《れん》をくぐっていた。

蔵人に、柳生家の張込みがついていることを承知の上の無言の吉蔵が、

「かねて探索の者と引き合わせたく、この書付持参の者と同道くださいませ　吉蔵」

と記した書状を託して、迎えに寄越した松ヶ枝の下働きの男の案内でやってきたのだった。

見え隠れに柳生の門弟がつけてきていた。ひとりだけのところをみると、別の門弟は長谷川平蔵を尾行したまま、まだもどっていないのだろう。おそらく、蔵人の推測どおり、柳生家上屋敷へ立ち帰り、庄司喜左衛門に報告に及んでいるものとおもわれた。

つけてきた門弟は、広大な敷地を有した瀟洒《しょうしゃ》な松ヶ枝の造りに、懐具合に不安を覚えたのか、入り口の前で立ち止まり、いずこかへ姿を消した。近くの物蔭に身を隠し、蔵人が出てくるのを待つ腹づもりとみえた。

玄関口で、座敷女中を呼びだした下働きの男が何事か耳打ちした。女中が心得顔でうなずいているところをみると、吉蔵の手配が行き届いているようにおもえた。

案の定、座敷女中が、

「離れでお連れさまがお待ちでございます」

と腰を屈めた。

離れには、吉蔵とみすぼらしい身なりの白髪まじりの男がいた。銚子一本と肴数皿がのった高足膳がそれぞれの前に置いてあった。

「お先に一杯、やっておりました」

居住まいをただして吉蔵がいった。

「吉蔵さんとおれの仲だ。気遣いは無用だ」

蔵人は、そういって空いていた上座に坐った。

座敷女中が、銚子一本と肴数皿がのった高足膳を、蔵人の前に置いて去ったのを見届けた吉蔵が、

「結城の旦那、ここに控えておりますのが、本物の、赤猫の捨蔵で」

本物、ということばを、吉蔵はひとつひとつ嚙みしめるように発した。

「そうか。本物の、赤猫の捨蔵か」

吉蔵を凝《じ》っと見つめ、ゆっくりと視線を捨蔵に向けた。

「結城蔵人、と申す。いま江戸を荒らしている赤猫の捨蔵が、以前の赤猫の捨蔵と違う気がしてな。吉蔵さんに頼んで、本物を探してもらっていたのだ」

「盗みのやり口、が違う、とおっしゃりたいんで」

「偽者のやり口に気づいていたのか」

「へい。面目ねえが、あっしは、畜生盗みを繰り返していたころの赤猫の捨蔵は、風の強い、大火事になりそうな夜を選んで、狙ったお店に押し込んでおりやした。それが、偽者は、風のねえ夜ばかり押し込みやがる。大火事になるのをできるだけ避けたい、という考えが見え見えだ。本物より人並みなこころを持ってやがる。そんな野郎が、なんで、おれの名を騙るのか不思議でならねえ」

「どんな奴が赤猫の捨蔵の名を騙ったか、知りたい。そうおもったのだな」

「へい。が、日頃の動きもままならぬ、この不自由な躰じゃ、突き止める術もありませなんだ。赤猫の捨蔵が押し入ったと風の噂を耳にするたびに、勘弁してくれ、やめてくれ、赤猫の捨蔵は、もうすっかり足を洗って、寺男の真似事をやっているのだと」

捨蔵の声が口惜《くや》しさと慚愧《ざんき》の念に揺れて、かすれた。

「分かってるよ、捨蔵さん。おまえさんの気持はよ。おれも同じ盗っ人稼業にどっぷり浸かってた身だ。同じ目にあったら、おれもおもうさ。やめてくれ。勘弁してくれ。おらあ、きれいさっぱり、足を洗ったんだ、とね」

横から吉蔵が口をはさんだ。

「旦那。おれを火盗改メへ突き出しておくんなせえ。本物の赤猫の捨蔵が仕置きにかけられりゃあ、偽者は出たくても出られなくなる。死んで詫びなきゃ、おれが犯しつづけた罪の償いはできねえ」

赤猫の捨蔵は、蔵人に向かって両手首を重ねて突き出した。

「捨蔵さん、おめえさんは」

「端《はな》からそのつもりよ。石を刻んで仏の像を造りながら、この意気地なしめ、なんで、てめえで命を絶って、世間に詫びをいれねえんだ、と、二六時中、針の筵に坐っている気分なのさ」

「旦那……」

吉蔵が、無言で捨蔵を見据えている蔵人を見やった。何とか見逃してやってくれ、情けをかけてくれ、とその眼がいっていた。

蔵人は、前に置かれた高足膳を脇にどけた。右脇に置いていた胴田貫を手にとり、左手に持ち直して、片膝を立てた。

吉蔵が顔色を変えた。かつて見せたことのない狼狽《ろうばい》があった。

「旦那、まさか……」

「その、まさか、だ」

「そいつは話が」

違う、といいかけて口を噤《つぐ》んだ。

蔵人が胴田貫を抜き放ち、捨蔵の鼻先に突きつけた。

「赤猫の捨蔵。これまでの悪事三昧《ざんまい》、許し難し。潔く裁きを受けよ」

捨蔵が蔵人を見上げた。

蔵人が見返す。

「ご存分に」

捨蔵が目を閉じた。

刹那――。

蔵人の胴田貫が閃光を発して、流れた。

白髪まじりの捨蔵の髷《まげ》が宙に舞い、落ちた。

「裁きは終わった。今日ただ今、赤猫の捨蔵は死んだ。向後は、石仏を刻み、命あるかぎり、赤猫の捨蔵が殺《あや》めた人たちの供養をつづけるがよい」

蔵人が胴田貫を鞘におさめた。

「旦那、ありがてえ」

声を震わせた吉蔵が、目を見開いて蔵人を見つめる捨蔵の手をとった。

「捨蔵さん、よかったたね。これで、おめえさんは金輪際追われることはねえ。これまでどおり永安寺の寺男として、魂込めて、石仏をつくりつづけるんだぜ」

「吉蔵さん、おれは、おれは……」

両手をついた。泣いているのか、肩が震えている。

蔵人が、静かに告げた。

「偽者の赤猫の捨蔵は、おれが処断する。本物の赤猫の捨蔵として、この世から消えてもらうのだ」

「旦那……」

吉蔵が手をつき、頭を下げた。

それまで耐えていた捨蔵の口から呻くような声が洩れ、やがて、それは泣き声と変わった。涕泣《ていきゅう》は、悔恨と懺悔《ざんげ》の念を籠めて、低く、高く、また低くつづき、嗚咽《おえつ》となって、つらなった。

蔵人は凝っと捨蔵を見つめている。

四

松ヶ枝は隅田川にそそぐ思川《おもいがわ》沿いに在った。裏口から出て、川辺に舫《もや》ってある松ヶ枝の猪牙舟《ちょきぶね》を仕立て、隅田川の流れにのって江戸湾へ向かい、神田川が流れ込む柳橋あたりで下りれば、船宿、水月は間近であった。

蔵人は昼餉の支度に来た雪絵に、

「夕刻には水月へ出向く。柴田がもどったら水月に来るよう」

と、つたえていた。

何事も手早い仁七のことである。浮世絵の世界に入ってからの、松風彩麿の調べはすませている頃合いであった。

尾行してきた柳生の門弟に水月のことは知られたくなかった。

道を行けば、当然、尾行してくる。門弟に当て身でもくれないかぎり尾行をまくのは困難、とおもえた。出来うるかぎり柳生家との諍《いさか》いの種になるようなことは避けたかった。

さすがに吉蔵だった。

「万が一、尾行をまかねばならないことが起きるかもしれない、とおもいやして、待ちあう場所を猪牙舟を仕立てられる、ここ、松ヶ枝に決めやした」

と、いって笑みを浮かべた。

蔵人は、その深謀にのった。猪牙舟を仕立てて、一気に隅田川を下った。

門弟は表口に気を取られているらしく、僧侶などが顔を隠すため役立つよう松ヶ枝に用意してあった菅笠《すげがさ》をかぶって、猪牙舟にのった蔵人に気づくことはなかった。

柳橋近くの岸に猪牙舟をつけさせた蔵人は、神田川沿いに水月へ向かった。

陽はすでに西の空に沈み、藍色と化した空の東に、満月が、白く浮いて見えた。

柳の枝が大きく揺れている。

ここ数日、晴れたり曇ったりの日がつづいていた。吹きつける風に、乾ききった土が渦を巻き、容赦なく蔵人に襲いかかった。手の甲で土煙を避けながら歩いていく。

ほどなく水月であった。

水月の表戸を開け、声をかけるとお苑《その》が顔を出した。

お苑は仁七の女房同然の女で、探索で外へ出がちな仁七のかわりに、店を切り盛りしている。

蔵人の顔を見るなり、いった。

「柴田さんが、いつもの二階の座敷で待っておられます」

「仁七は、いるかな」

「小半刻ほど前にもどって、結城さまと柴田さんにうまい肴を食べていただかなきゃあ、といって板場で包丁を握ってます」

「そいつは楽しみだ。先に柴田と話をしている。肴が出来次第、顔を出してくれ、とつたえてくれ」

「承知しました」

お苑が微笑んだ。

蔵人は上がり口に足をかけた。


「入るぞ」

声をかけて入ると柴田が顔を上げた。畳に、焼け跡で見つけた異国の風景を描いた浮世絵の切れ端がならべてある。その傍らに、模写したとおもわれる墨一色の異国の風景画が置いてあった。

浮世絵の断片と模写画の景色が酷似していた。

「手がかりを見つけたようだな。どこの国のものだ」

「オロシアでございます。かの国の文字で書かれた蛮書に、私が模写した絵が描かれておりました」

「オロシア、だと」

蔵人の声に驚愕があった。

「オロシアに、何か、心当たりが？」

「ないこともない。その蛮書は、いつごろから公儀御文庫にあるのだ」

「田沼意次様が老中になられてまもなく、公儀御文庫へ保管されるようになった、と御文庫付の者が申しておりました」

「田沼様の時代に……」

「公儀御文庫役の申されるには、田沼様は、オロシア貿易に大いに興味をしめされ、かの国にかかわる書物を出来うるかぎり集めるよう命ぜられた、との由にございまする」

蔵人は黙った。

脳裏に、市蔵店について平蔵と話しあった事柄が甦っていた。

「地主で大家の市蔵は、オロシアとの抜け荷のかどで、闕所、主人は磔に処せられた廻船問屋陸奥屋の番頭を勤めていた」

つながった、とおもった。

オロシアの風景。

偽の赤猫の捨蔵が押し入った、旗本屋敷や御店の焼け跡に残された、オロシアの景色を描いた肉筆の浮世絵の切れ端。

その浮世絵の燃え残りは、どのような手立てを講じたかしらぬが、押し入った者が持ち込んだものだと推察された。

「ごらんください」

柴田源之進の呼びかけに、蔵人は思案から覚めた。

柴田は自分が模写した画に、燃え残った浮世絵の断片を重ねあわせた。

描いた位置が違うのか、ぴたりと重なりあうことはないが、同じ港町の風景を描いたものに間違いなかった。

蔵人は、食い入るように見入った。

「まさしく、同じ景色……」

「見いだしたときは驚きました。オロシアのどこかはわかりませぬが、はっきりとそれとわかる景色で」

柴田源之進の顔に、役目を果たし終えた安堵《あんど》がみえた。

「大海に沈んだ針一本を探し出すような調べ事だ。さぞ苦心したであろうな」

「書物や絵画にあたるは、嫌いなことではございませせぬゆえ苦にはなりませぬが、成果が出ぬまま時が過ぎ去っていき、ただただ焦るのみで」

蔵人はうなずいて、つづけた。

「まずは、祝杯といいたそうか。仁七がおいしい肴をつくってくれている」

「は」

柴田源之進は懐から袱紗《ふくさ》をだし、丁重に肉筆の浮世絵の燃え残りと、模写した墨絵をしまいこんだ。その仕草に探索の苦労が滲みでていた。

と……。

「酒と肴をみつくろってまいりやしたが」

襖《ふすま》の外から仁七の声がかかった。

気配から、蔵人と柴田源之進の話が終わるのを見計らっていたのではないか、

らべた。

「待っていたぞ」

襖が開けられた。仁七が盆にのせた銚子数本と肴数種を運んできて、飯台にならべた。

座敷から出ようと腰を浮かせた仁七に、蔵人が呼びかけた。

「仁七、おまえもつきあえ。松風彩麿のことなど聞きたい」

「へい。ご相伴させていただきやす」

仁七は膝で後退って襖をあけ、下へ向かって、二度、手を打った。

支度がととのっていたらしく、お苑が階段を上ってきて、銚子一本と肴をのせた折敷を仁七の傍らに置いた。

襖を閉めてお苑が出ていったのを見届け、仁七は蔵人を振り向いた。

「知り合いの草双紙屋と一緒に、松風彩麿の浮世絵を扱っている版元［蒼々堂《そうそうどう》］へ出向き、番頭から聞き込んできやした」

「人別帳に記された名は郁蔵。市蔵店の大家であり、地主でもある市蔵の遠い親戚で、子供のいない市蔵にかわって大家の代人をやっている。市蔵は箱根湯本で病《やまい》の療養中。そういうことだな」

「どこで、そのことを」

蔵人は、平蔵が、市蔵店について町役人に届け出てある範囲のことを知らせてくれた、と仁七に告げた。

「ご存じなら話が早い。その郁蔵が松風彩磨で」

仁七が、つづけた。

彩磨は二年ほど前に、日本橋などの風景を描いた、肉筆の浮世絵を蒼々堂に持ち込んできた。

筆致が柔らかいので美人画を描くよう説得したら、

「描いてもいい」

という。

描いてきたら、なかなかいい出来だった。試しに売り出したら、たちまち売り切れた。

それで、一月《ひとつき》一作の割合で仕上げるよう注文を出した。上々の売れ行きだった。

蒼々堂は、

「作品数を増やせないか」

と打診した。

しかし、彩麿は、

「遅筆なので、一作以上は無理」

といって、注文を受けなかった。

彩麿は風景を描くのが好きなのか、毎日のように出かけて、どこぞで写生をしているらしかった。

彩麿の生国は雪国らしく、冬の海の荒々しさを、番頭に話して聞かせたことがある、などと一気に語った仁七は、

「つまるところ、彩麿が江戸へ出てきてからのことしか、はっきりしたことはわからねえんで。生まれ落ちてから江戸へ出てくるまで、どこで、どんな暮らしをしていたか、彩麿は一言も喋ったことがない、と蒼々堂の番頭がいってました」

蔵人は、うむ、と顎を引いた。

飯台や折敷に置かれた、酒や肴に手をつける者はいなかった。

座敷は緊迫した気に包まれていた。

黙然と腕組みをした。思案に暮れたときに、無意識のうちに蔵人がとる、癖といってもいい所作だった。

首を傾げた。

オロシアの風景を描いた浮世絵の焼け残り。

オロシアとの抜け荷の罪で処断された陸奥屋。

陸奥屋の番頭だった、市蔵店の大家であり地主だった市蔵。

市蔵の遠い親戚だという郁蔵こと松風彩麿。

彩麿の過去は闇の彼方だ……。

「……やはり陸奥屋か」

腕組みを解いて、蔵人が告げた。

「柴田、明早朝、清水門外の火盗改メの役宅へ出向いてくれ。長谷川様に、先日ご依頼した陸奥屋の探索、いま判明しているかぎりのことでもかまいませぬので、是非にも教えていただきたい、と申し入れするのだ。もし」

「もし……」

「いまだ探索がすすんでいなかったら相田殿、小柴殿を手助けし、調べにかかれ。とくに、陸奥屋の家族で生き残った者がいるかどうか、調べ上げるのだ。おそらく」

「おそらく、とは?」

「探索の手をかいくぐり、逃げのびた者がいるはずだ」

「委細承知仕った」

柴田源之進が低く応えた。凜《りん》としたものが声音にあった。

「仁七」

蔵人が向き直った。

「何なりと」

身をのりだした。

「遠出の探索になる」

「どこへ飛べば、よろしいので」

「箱根湯本だ。市蔵の静養先を探しだし、どういう暮らしぶりをしているか探ってきてくれ」

「夜昼駆けて箱根へ向かえば三、四日で江戸へもどってこられるはず。準備が出来次第、今晩にも、出立《しゅったつ》しやす」

うなずいた蔵人が、苦く笑っていった。

「とんだ酒盛りになったな。せっかくつくってくれた肴も冷えてしまった。仁七の心づくしの膳、これから楽しませてもらうぞ」

添えられた箸に手をのばした。

五

蔵人は柴田源之進を先に帰らせ、しばし間をおいて水月を出た。どちらにしても柳生の者たちは、貞岸寺近くに張り込み、蔵人が帰ってくるのを待っているはずだった。

柴田には、

「貞岸寺を素通りした先の脇道から浅草田圃へ出、住まいにもどるがよい」

とつたえてあった。あくまでも柴田たちとのかかわりは、ぎりぎりまで伏せておく、と蔵人は考えていた。

蔵人は、ゆったりとした足取りで歩いていく。

結局のところ、蔵人も、柴田源之進も、仁七までもが供された酒に手を出さなかった。

「これでは商売あがったりで」

仁七が銚子を手にとり、耳のそばで軽く揺すって苦笑いしたものだった。

（みな、探索が詰めに入ったのを察知しているのだ）

ありがたい、とおもう。

どう対処すべきか、いつも迷いながら探索をすすめている。下す判断に狂いが

あってはならない、と心がけてはいるのだが、振り返ると、いまだにしくじりに

気づく。

(所詮、未熟なのだ……)

おのれが、である。

にもかかわらず、みなは蔵人を信じて、ついてきてくれている。

蔵人は、こころに温かいものがひろがっていくのを感じた。

貞岸寺への参道が間近に迫ったところで、蔵人は足を止めた。前方に、あわて

て物蔭に身を潜めた黒い影が見えた。

ふたつの影、それは、張り込んでいる柳生の門弟たちが柴田源之進を見過ごし

た、ということにつながる。

蔵人は、にやり、とした。狙いが的中したのだ。

蔵人は気づかぬ風を装って、門弟たちが隠れているところをゆっくりと通りす

ぎていった。

このところ、風の強い日がつづいている。春の訪れが目前に迫っていることを告げる風が吹く時季も、ほどなく終わる。

そのせいか、町行く人々の顔がはずんでいるかのように感じられた。

時の許すかぎり行うと決めている鍛錬の、胴田貫の打ち振りを終えたあと、雪絵がつくってくれた朝餉を食した。

その折り、雪絵に、

「柴田が火盗改メに出向いている。いままでの探索の結果を、今夜にも知らせるよう指示してある。多聞さんに一役買ってもらわねばならぬ」

「隣りに住む町医者とその知人が、角樽《つのだる》のひとつでも下げて、いかにも酒盛りをするといった風情で訪ねてくるようにすれば、よろしいのですね」

「たのむ」

「万事抜かりなく。このような段取りをつけるのは、大林さまよりわたしのほうが得手でございます。準備万端ととのえて、送りだします」

明るい笑みをみせた。

探索がおもうようにすすんでいないのを、雪絵は承知しているはずであった。

このような、屈託のない笑みを向けることで、少しでも気持を和らげようとする雪絵のおもいが、蔵人には痛いほどつたわってきた。

「桜の咲く日も近い。晴れた日に花見にでも、出かけたいものだな」

おもわず口にしたことばだった。

「……楽しみにしています」

雪絵が、はにかむように微笑んだ。

蔵人は、橋場の真先稲荷へ向かって歩をすすめながら、雪絵とのやりとりを思い出していた。

愛しい……。

と、おもう。が、いつ命が果てるとも知れぬ任務《つとめ》についている身で、

「どこぞで、ふたりで、心静かに暮らすか」

とはいい出せなかった。

げんに、いま、見え隠れに柳生の門弟ひとりがつけてきている。

軽はずみに無法な振る舞いはするまいが、いつ何どき攻撃を仕掛けてこないともわからぬ相手であった。

蔵人は、交錯する謎から少し離れてみようと考えていた。風は強いが、日差しはあった。歩きつづけると、次第に躰が温かくなって、心地よい。

真先稲荷についた蔵人は出店などをのぞいて境内を、ぶらりぶらり、とそぞろ歩いた。尾行の柳生者が木立の蔭に隠れている。昨日、まかれた場所の近くである。さぞや目を凝らしているであろう、とおもうと、何やら可笑しみさえ覚えてくる。

真先稲荷は、橋場の渡しの北一町（約百九メートル）のところに位置しており、芝《しば》の青松寺、高輪《たかなわ》の泉岳寺《せんがくじ》とともに三カ寺のひとつとされる、妙亀山総泉寺《みようきさんそうせんじ》の北後ろにある。

豆腐がよく、田楽が名産で真崎でんがく、と評判をとっていた。数寄屋造りの酒楼が建ちならんでおり、甲子屋《きのえね》、いねや、川口といったところが有名な料理茶屋であった。

蔵人は、鳥居近くの茶店の床几《しようぎ》に腰をかけた。強風のせいか、いつもより、さざ波が立ってみえる、隅田川の流れを楽しみながら、昼餉がわりの豆腐料理と真崎でんがくをゆっくりと食した。

視線を流すと、少し離れた大木の下で、柳生者が握り飯を頬張っている。粗末な木綿の小袖に洗い晒《ざら》しの袴を身につけていた。常日頃は剣の修行にいそしんでいる、生真面目な若者におもえた。

なのだ。

蔵人は、声をかけてやりたい衝動にかられた。赤猫の捨蔵一味が柳生流十字手裏剣さえ使わなかったら、あの若者も道場で、連日、剣の錬磨に励んでいたはず

(ひとつの不心得が多くの人たちを悩ませ、揺れ動かす因《もと》となるのだ)

蔵人のなかに込み上げてくる怒気があった。

夕暮れ前には蔵人は、住まいにもどっていた。

胴田貫を刀架にかけ、座敷にごろりと横になった。

肘枕をする。

ぼんやりと天井を見上げた。

いまは何も考えない。頭をからっぽにして積み重ねた調べの結果を見直す、と蔵人はそうこころにいい聞かせた。しかし、さまざまな思惑が湧き上がっては消え、消えては湧き上がった。その思惑の混濁が見立てに狂いをもたらすことが多いのを、蔵人はこれまでの経験から何度もおもい知らされていた。

目を閉じた蔵人は、いつしか、寝息をたてていた。

蔵人が肘枕をして寝入っているころ……。

柳生家上屋敷の長屋では、庄司喜左衛門が河合鍬次郎の俄《にわ》かの報告を受けていた。

「蝦蟇の油売りとその妹が、いつもとは違う出で立ちで市蔵店を出ました。つけたところ、辿り着いたところは四谷の西念寺《さいねんじ》で」

「西念寺、といえば忍びの名人上手と評され、御神君、徳川家康公に愛《め》でられ、千代田城の御門のひとつにその名を冠せられる名誉を得た伊賀忍者の頭領、初代服部半蔵正成《はっとりはんぞうまさなり》が創建した寺ではないか」

「如何様《いかさま》」

「なにゆえ蝦蟇の油売りの兄妹が、伊賀者ゆかりの西念寺を詣でるのだ」

「読経《どきょう》の声を道しるべに、境内から墓所へと踏み入りましたところ、とある墓の前で祈禱《きとう》している住職と、背後にひざまずき手を合わせる蝦蟇の油売りたちを見いだしました」

「その墓が誰のものか、見定めてきたであろうな」

「初代服部半蔵正成のものでございました」

「なにっ……」

初代服部半蔵の生地は伊賀の里であった。柳生の祖ともいうべき柳生石舟斎宗《むね》巌《よし》が豪族として支配し、守りつづけた柳生庄とは目と鼻の場所《ところ》にあった。金剛山《こんごうさん》などを挟んだ険阻《けんそ》の地で、たがいに武術に励んだかかわりといってもよい。

柳生家の伝書には、

「柳生庄と伊賀の里の武術者との、術を競っての私闘が数多く行われ、勝負のほどは、ほぼ互角といえた。ともに武術の錬磨にはげんだ柳生と伊賀の間に、一方は将軍家兵法指南役、一方は忍び、と格式、身分に大きな差が生じていったのは、柳生新陰流の始祖・柳生石舟斎宗巌と伊賀の頭領との志の差にあった」

とある。

つまるところ、忍術という技を諸国の戦国大名に乞われるまま売りつづけ、特定の武将と人としての触れ合い、繋がりをもたなかった、術を、ただ銭儲けの具としか考えなかった伊賀の頭領に対し、徳川家康との親交を深め、徳川家のためにのみ、研鑽《けんさん》した剣術を用いた柳生宗巌のこころ、いわば、柳生魂ともいうべきものが、世の信頼を勝ち得る差となって現れたといっても過言ではないのだ。

伊賀者は、蔭では、つねづね、

「初代服部半蔵様は、柳生石舟斎宗巌にも劣らぬ手柄をたてられたお方ぞ。天下の反逆人、明智光秀が京、本能寺で主君・織田信長公を討ち果たした折り、御神君は泉州《せんしゅう》、堺《さかい》で遊山《ゆさん》の旅を楽しんでおられた。光秀謀反《むほん》の報に、命からがら領国駿河へ急がれる家康公を助けて道案内し、無事送り届けたは、初代服部半蔵様じゃ。初代服部半蔵様は徳川幕府創設になくてはならぬ御神君家康公の命の恩人でもあるのだ。それが柳生家のみを重用される。なぜだ。あまりにも片手落ちのなさりようではないか」

といいつづけている、という。それは、いまでは怨念となって、伊賀組組付や伊賀組に繋がる者たちのこころに棲みついている、との噂を、庄司喜左衛門は、かつて耳にしたことがある。

「蝦蟇の油売りはじめ市蔵店に住まう者たちが、伊賀組から何らかの事情ではぐれた忍びだとしたら……」

庄司喜左衛門は、うむ、と唸った。

赤猫の捨蔵一味が、柳生流十字手裏剣を使いつづける理由が、そこにあるのかもしれない。

伊賀組からはぐれた者どもが、ひょんな縁から赤猫の捨蔵一味にくわわった、と考えられぬことはないのだ。

「赤猫の捨蔵一味は腕達者揃いでな。危うく一命を落とすところであった」

と結城蔵人がいっていたではないか……。

庄司喜左衛門が、眦《まなじり》を決していった。

「河合、伊賀組が、いま、どのように組織されているか。伊賀組の人別《にんべつ》のなかで、行く方が定かでない者はいないか。ただちに調べにかかれ。柳生家懇意の目付・田村左近太夫《たむらさこんだゆう》さまを訪ねて助力を乞うのだ。願いの儀を記した書状は、すぐにも仕上げる」

「市蔵店の張込みはいかがいたしましょうか」

「工藤順作《くどうじゅんさく》が非番で長屋にいるはずだ。代わりに向かわせるがよい」

「ただちに」

河合鍬次郎の声に緊迫が漲《みなぎ》っていた。

六つ半（午後七時）を告げる鐘が鳴り響いている。

「結城さん、いるかね。いい酒が手に入った。いつもの飲み仲間も来ている。一献、酌みかわすか」

庭から、多聞の声がかかった。

「入ってもらってくれ」

蔵人は、勝手の土間に立ち、夕餉の支度をしている雪絵に声をかけた。

うなずいて雪絵が心張棒をはずした。

角樽を手にした多聞が、柴田源之進とともに入ってきた。意外なのは木村又次郎の姿があったことだ。

板敷きまで迎えに出た蔵人が、怪訝《けげん》な眼差しを向けた。木村又次郎が、

「動きがありました」

とだけ応えた。仔細は座敷で、というつもりらしい。

座敷に、蔵人たちは円座を組んで坐った。

「動きがあったとは？」

蔵人が、木村又次郎に問いかけた。

「蝦蟇の油売りの兄妹が四谷の西念寺へ詣でました。しかも、詣でた墓は初代服部半蔵正成のもの」

「弥市たちが西念寺で初代服部半蔵の墓を詣でたと……」

「如何様。柳生の手の者もこのことを見極め、詣でた墓も確かめております。何

らかの動きがあるやもしれぬと」

「柳生が、動くか……」

蔵人が、口を噤んだ。

しばしの沈黙があった。

多聞がいった。

「西念寺と申さば、千代田城の御門のひとつ、半蔵門にその名を残す初代服部半蔵正成が創建した、伊賀者の菩提所《ぼだいしょ》ともいうべき寺ではござらぬか。しかも初代服部半蔵正成の墓に、蝦蟇の油売りごときが詣でるとは、何やら裏のあることかもしれませぬな」

「そうよな。何か、ある。その、何かだが……」

蔵人が、ぼそり、とつぶやいた。

柴田源之進が、懐から二つ折りした分厚い書付の束をとりだした。数十枚にも及ぶだろうか。

「間違いがあってはいけませぬ。あらためねば……」

書付をめくった。火盗改メへ出向き、陸奥屋のオロシアとの抜け荷にかかわる調べ書を書き写してきたものであった。

「ありました……」

書付の一枚を抜き出し、蔵人へ示した。

「オロシアとの抜け荷を始めるにあたって田沼様は、用心棒として伊賀組から腕達者の者三十名ほどを選び出し、抜け荷の本拠とした陸奥屋の津軽の出店へひそかに向かわせた、とあります」

「その用心棒となった伊賀者たちは、どうしたのだ」

「それは……」

さらに書付をめくった。

「オロシアとの抜け荷を差配した陸奥屋の跡取り、一人息子の泉太郎《せんたろう》とともに、何処《いずこ》へ消えたか、行く方が知れませぬ」

「陸奥屋に、生き残りがいたのか」

蔵人が声を高ぶらせた。

「それが」

柴田源之進が、ことばを切った。

「それが、どうしたのだ?」

「陸奥屋は闕所。母はその断が下った日に心労のあまり倒れ、そのまま息を引き取り、父の七蔵《しちぞう》が磔にあったことを、抜け荷の航海を終えて江戸湾に戻ってきて知った泉太郎は、上陸することなく沖へとってかえしたそうです。しかし、嵐に遭い難破したのか、数日後、泉太郎が乗った千石船の残骸《ざんがい》が石巻《いしのまき》近くの浜辺に打ち上げられたと、調べ書にありました」

「生き死には、不明、か」

蔵人は、呻くようにつぶやいた。

が、ことばとは裏腹に、蔵人のなかでは、浮世絵師・松風彩麿と陸奥屋泉太郎の姿が重なりあっていた。蝦蟇の油売りの弥市らは、用心棒としてオロシアとの抜け荷にかかわった伊賀組の者たちであろう。

(明日にも松風彩麿と会う。必ず正体を見極めてみせる)

蔵人は、おもわず奥歯を嚙みしめていた。

第五章　非《ひ》　理《り》

一

　驚くべき健脚といえた。

　仁七は、盗っ人稼業で身につけた、足音を立てない、いつもの歩き方で歩みをすすめている。

　三谷橋にさしかかったころ、浅草寺の鐘が明六つ（午前六時）を告げて、朝靄《もや》のたちこめる町に鳴り響いた。

　吐く息が白い。

　かなりの早足で歩いていくのに、町家の軒下で寝入っている野良犬が身動きひとつしない。足音どころか、気配さえ感じさせないほどの仁七の歩きぶりであった。

仁七は、ずっと、狐《きつね》につままれたような気分でいた。箱根湯本に尋ね人はいなかったのである。静養のために、たしかに家は借りてあった。が、湯治宿《とうじ》の主人が逝去した父親のために生前建てた、別邸ともいうべきその家に、市蔵が足を踏み入れたことは一度もなかったのである。

市蔵は、箱根湯本ではなく一山越えた湯河原《ゆがわら》で静養すべく、借りた家には立ち寄らず、そのまま向かった、という。その折り、

「もどってくることにしておりますので」

と一年分の家賃と家屋の手入れの代金を支払っている。

が、一年目にやってきて、

「もどることはなくなったので……」

と、長期間借りうけるとの約束を反故《ほご》にしたことに対する、応分の謝礼を払っていった、と主人が語ってくれたのだった。

主人は一度も市蔵の姿をみたことがなかった。市蔵の遠い親戚筋にあたる、郁蔵という三十がらみの男が代人となり、すべての段取りをつけていた。

町役人に届け出られているのは、箱根湯本の市蔵の静養先、だと蔵人から聞かされていた。

もし、途中で湯河原へ静養先が変わったら、当然のことながら、あらためて町役人へ届け出なければならない。それが定めであった。

それがなされていない、ということは何か裏がある、とおもわざるをえなかった。

(江戸へもどってから、一調べしなきゃなるめえ)

仁七は、胸中で、そうつぶやいたものだった。

貞岸寺の表門は明六つには開く。

裏庭の奥に建つ蔵人の住まい近くの木立には、柳生の門弟たちが潜み、張込みをつづけているに違いなかった。蔵人からは、

「多聞さんを通じて、つなぎをとるように。直接たずねることは柳生の者どもにかかわりを探られることになりかねぬ。できうるかぎり、揉め事の種になりそうなことは避けねばならぬ」

といわれていた。

しかし……。

仁七はこの言いつけに背こうとしていた。何度も探索にたずさわってきた身である。いま、調べがどのあたりに来ているか、おおよその察しがつくようになっ

ていた。

仁七の勘が、

（事態は大詰め）

と告げている。

仁七は、つねづね、蔵人とは、

（死なばもろとも）

との覚悟を決めている。

いま、蔵人は、胴田貫の打ち振りの錬磨に励んでいるに違いない。

（まっすぐに蔵人の旦那をたずね、事の経緯を復申する）

そのために多少の危険が身に降りかかってもかまわぬ、とおもった。

仁七は、さらに足を早めた。

大上段から振り下ろした胴田貫を地面すれすれ、紙一重のところに止めて、蔵人は、眉を顰めた。

聞き慣れた、気配を消した、風の鼓動にも似た、微《かす》かな足音が近寄ってくる。

仁七に違いなかった。

ゆっくりと振り向く。

菅笠と道中合羽《ガッパ》を身にまとった旅姿の仁七が、潜む柳生の者どもに気づかぬ振りをよそおい、その前を通りすぎてくる。

旅姿ということは、箱根湯本から水月にも立ち寄らず、そのまま此処《ここ》へやって来たということになる。

（おもいがけぬ事態に出くわしたに相違ない……）

蔵人は胴田貫を鞘におさめようとはしなかった。いつ、不意の攻撃を仕掛けてくるかわからぬ相手が近くに潜んでいるのだ。警戒を解くわけにはいかなかった。

仁七が近寄ってきた。蔵人は、告げた。

「立ったままでよい」

柳生の者どものいるあたりを目線で知らせた。

仁七がうなずき、小声で告げた。

「市蔵は、箱根湯本に一度も姿を見せておりやせん」

蔵人の顔に訝しげなものが浮いた。

それも一瞬……。

「ともかく家へ入れ。話は座敷で聞こう」

蔵人は先に行け、と顎をしゃくった。仁七が先に行くのを見届け、ゆっくりと振り返った。仁七の後につづく。右手には、抜き身の胴田貫を下げたままであった。

「出来る……」

身を潜めた低木の蔭で、村野信助が唸った。

「庄司さんより強いかもしれぬ」

「まさか。庄司さんは師範代のなかでも一、二と評される業前《わざまえ》、そんなこと、信じられませぬ」

ともに張り込む柳生者が首を捻った。

「後ろ姿へ、おれは斬りつけようとした。だが、身がすくんで踏み込めなかった。切っ先が届く前に、おれは、おそらく、脇胴を切り裂かれていたろう。恐ろしいほどの殺気だった」

村野は手の甲で額に浮いた脂汗をぬぐった。

「脂汗が……」

信じられぬものを見たかのように、柳生者は呻いた。

村野の顔には、無数の大粒の汗が浮いていた。

雪絵が、蔵人と仁七の前に湯気の立つ茶を置いて去った。朝餉の支度をしているのか、勝手から、葱《ねぎ》を刻む音が聞こえてくる。

暖をとっているのか、仁七が両手で湯呑みを抱えるようにして茶を啜っていた。

蔵人も、茶を一口呑み、置いた。

「話を聞かせてくれ」

「へい。実は……」

仁七は静養中に住む家を市蔵に貸した、湯治宿の主人の話を、つまびらかに語った。

「箱根湯本で市蔵の姿を見た者は、ひとりもいないのだな」

「すべて郁蔵が手配りしていたそうで」

蔵人は腕を組んだ。

しばし、黙り込む。

仁七は、蔵人が口を開くのをじっと待っている。

「市蔵が、市蔵店を、長屋を買い取った折りの経緯を、調べる必要があるな」

「すぐにも、仕掛かります」

仁七が腰を浮かせた。


このところ風の強い日がつづいている。

昼餉をすませたあと、蔵人は貞岸寺裏の住まいを出た。蔵人の足は溜池へ向かっている。溜池をまわってから市蔵店へ向かうつもりでいた。

蔵人のなかに、溜池で松風彩麿が風景を写しているかもしれない、とのおもいがあった。

溜池を吹き渡る風が、細かな、白い襞《ひだ》を水面に浮き立たせている。浜辺に押し寄せる白波にもみえた。

蔵人は足を止め、しばし、荒れて乱れる溜池をながめた。

北海の、オロシアにつらなる海原はいかばかりか。

柴田は、

「北の海は荒れ狂ったときの江戸の海の様子が常と、公儀御文庫に蔵されていたオロシアにかかわる書に記されておりました」

と話していた。

江戸湾の、おだやかな海以外みたことのない蔵人には、その荒れようがどれほどのものか想像がつかなかった。

が、その航海が、いかに厳しい、命がけのものか、推測はできた。

陸奥屋の跡継ぎ、泉太郎が中心となって、オロシアとの抜け荷がすすめられていた、という。

泉太郎と郁蔵こと松風彩麿が、どうつながるのか、あるいは、まったく無縁の者なのか。それを知る何の手がかりもない以上、判断のしようもなかった。

ただ蔵人のなかでは、松風彩麿は陸奥屋泉太郎である、との確信に似たものがあった。

動物的な直感、とでもいうべきだろうか。

何やら人にいえぬ、秘密事を隠しもつ者に共通する臭い、ともいうべきものを、松風彩麿から無意識のうちに嗅ぎ取っていたのかもしれなかった。

蔵人は歩みをすすめた。

そして……。

以前、松風彩麿が風景を写していたあたりにさしかかった。

足を止めた。

いた。

岸辺で、松風彩麿は絵筆を手にすることもなく、風に弄《もてあそ》ばれる水面をながめていた。魂が抜け出たかのような隙だらけの躰からは、一切の警戒心が失せていた。思案にこころを奪われている、とおもえた。

蔵人は刀の鯉口《こいぐち》を切った。

いきなり走り出す。

松風彩麿に迫るや、胴田貫を抜きはなった。その切っ先が彩麿の躰に達して真っ赤な血飛沫《ちしぶき》が噴き上げた、とみえた。

が、身を沈めた彩麿は刃の下をかいくぐって転がり、そのまま数回後転し、胴田貫の届かぬあたりで、振り返った。まさしく、忍びの技を極めた者の動きだった。

「見事だ」

蔵人が胴田貫を鞘におさめた。

「結城さん、冗談が過ぎますよ」

その顔には笑みすらあった。

「斬られる、とは、おもわなかったのか」

「殺気を感じませんでした。で、身をかわすのが遅れました」

「忍びの技、とみたが……」

「身の軽いのは生まれつきでございます」

「そうか。並大抵の修行ではなかったのではないか」

「わたしは北国生まれの、武術好きの浮世絵師。好きこそ物の上手なれ、の諺《ことわざ》どおり、知らず知らずのうちに身についたこと」

「そういうことに、しておこうか」

「そうしていただければ、ありがたいことでございます」

松風彩麿は蔵人の前を横切って、もといた場所にもどった。画帳を閉じ、絵筆などを風呂敷につつみはじめた。

「郁蔵、市蔵は箱根湯本にいなかったぞ」

蔵人は、あえて郁蔵と呼びかけた。

一瞬……。

松風彩麿の動きが止まった。

画材をくるんだ風呂敷をしっかりと結んだ。

ゆっくりと振り返った。

「お調べになられたので」

「気になったので、な。町役人には、市蔵店の大家で地主は、津軽生まれの市蔵。市蔵、病のため箱根湯本にて静養につき、親戚筋にあたる郁蔵が代人として市蔵店の差配をする、と届け出てある」

「市蔵叔父さんは、湯河原で静養中です」

「なぜ町役人に届け出ない」

「わたしのいい加減さが、手続きを怠らせた。それだけのことです」

蔵人は、凝っと彩麿を見つめた。

「市蔵は廻船問屋陸奥屋の大番頭だった。陸奥屋は、オロシアとの抜け荷のかどで闕所、主人の七蔵は磔の刑に処せられている」

「……わたしは、陸奥屋とは無縁の者でございます。しかし、叔父から陸奥屋のことは、聞かされております。御上のなさりようは、理不尽、だと」

彩麿の蔵人を見つめる眼が、鋭さを増していた。

見返して、いった。

「おれも、理不尽、だとおもう」

訝しげなおもいが、松風彩麿の面《おもて》をかすめた。

蔵人は、つづけた。

「洩れ聞いた話では、陸奥屋は先の老中・田沼意次様の意を汲んで、オロシア貿易に手を染めた、という。田沼様は困窮する幕府の財政再建の一助となれば、という気で始められたようだ。が、田沼様は賄《まいない》づけの金権政治の責めを問われ、失脚。オロシア貿易にかかわった、幕閣の要人たちは保身のため、罪を陸奥屋七蔵ひとりに押しつけた」

松風彩麿は、黙って聞き入っている。

「事の経緯を知るにつけ、理不尽、極まりない。そうはおもわぬか」

しばしの沈黙があった。

「わたしは陸奥屋とは無縁の者、と申し上げたはず」

蔵人は、腹を決めた。無駄かもしれぬが、おのれの推断をぶつけてみる気になっていた。

「あくまで、無縁と申すか」

「はい」

「おれは、陸奥屋の跡取り、泉太郎だと、みていたが」

松風彩麿が微笑んだ。

「それこそ、やぶにらみ、と申すもの」

「そうか。やぶにらみ、か」

「……結城さまこそ、ただの、町道場の師範代とはおもえませぬが」

「この世の理不尽を憎む者、とだけ、いっておこう」

「この世の理不尽を憎む者、でございますか。理不尽、を憎む、と」

「そうだ」

「わたしも、理不尽を憎む者。理不尽を糺《ただ》したい、とおもう者」

「理不尽を糺したい、と、おもう者、か」

松風彩麿は軽く腰を屈めた。

「今日のところは、これにてお別れしとうございます」

蔵人は無言でうなずいた。

松風彩麿が溜池沿いに立ち去っていく。

蔵人は、身じろぎもせずに立ち尽くしていた。

その胸中では、

「わたしも、理不尽を憎む者。理不尽を糺したい、とおもう者」

との松風彩麿のことばが繰り返されている。

去りゆく後ろ姿には、一分の隙もなかった。

「陸奥屋泉太郎……」

蔵人は、無意識のうちに、そう、つぶやいていた。

二

市蔵店の路地木戸へ向かった松風彩麿は、左右へ視線を走らせた。柳生道場の門弟たちが相変わらず張り込んでいる。少し離れたところにいる、浪人らしき風体の者たちも、眼の端にとらえていた。数日前から市蔵店のまわりをうろつき、見張りだしたふたり連れであった。最初は、どこの、誰が差し向けたのか見極めがつかなかったが、いまは、

（おそらく、結城蔵人の手の者……）

とみていた。

彩麿は、蔵人が発した、

「この世の理不尽を憎む者」

ということばが、なぜか、ずっと気にかかっていた。

あのとき、なぜ、おのれの正体を明かすかのような、

「理不尽を糺したい、とおもう者」

ということばを返したのか。

（いつもの、石橋を叩いても渡らぬよう用心を重ねている、おれらしくない……）

とおもうのだ。

名状し難いなにかが、彩麿のなかでくすぶっている。

結城蔵人を、好ましい人物と、とらえていることはたしかだった。

斬り合ってまもなく、あの溜池の畔《ほとり》で偶然出くわしたとき、不思議な縁《えにし》を感じたものだった。

「縁……」

彩麿は、口にした一言にとまどいを覚えた。

（縁……。結城蔵人とおれの間に、どんな縁があるというのだ）

思案したが、おもいあたることは何ひとつ、なかった。

が、なぜか、細い糸で繋《つな》がっているような気がする。

それが何か解けぬまま、彩麿は住まいの腰高障子の前に立っていた。

中から灯りが洩れていた。おそらくお澄が夕餉の支度をととのえ、待っている

のであろう。

彩麿は、お澄が自分に寄せている好意以上のものを感じとっていた。が、そのこころには決して応えることができない立場にいることを、知り抜いてもいた。

「父、七蔵の仇を討つ」

と誓ったときから、松風彩麿は、いや、陸奥屋泉太郎は、人のこころを捨て、復讐の鬼と化していた。

幕府老中という絶大な権力を背に、渋る七蔵に抜け荷を命じた田沼意次は、老中職を罷免されて二年後、政敵、松平定信が将軍補佐にして老中首座に任じられた天明八年（一七八八）に急逝《もく》した。

泉太郎が仇と目したのは、勘定奉行はじめ勘定方の幕臣たちと、抜け荷の品物を扱い大儲けした、田沼の息のかかった商人たちだった。

「甘い汁を吸いたいだけ吸い、抜け荷の責めを、父ひとりに押しつけた奴らを殺す。理不尽を尽くした者たち、決して許さぬ」

それだけを目的として生きてきた。仇も、残るは勘定奉行・間部《まなべ》民部正《みんぶのしょう》と勘定方組頭・佐々木茂右衛門《ささきもえもん》のふたり、となっている。

泉太郎とて木石《ぼくせき》ではない。お澄のことを、

（愛しい）

と、おもい、

「ふたりで、どこぞで暮らしたら、楽しい日々があるかもしれぬ」

と、こころをときめかした時もあった。

が、そのたびに、

（憎い仇を仕留められず、屍《しかばね》をさらすことになるやもしれぬ身）

とおもいなおした。

お澄への愛しさが増していくにつれ、せつなさを深めていく泉太郎だった。

お澄は、田沼意次が、

「抜け荷の用心棒がわりとするがよい」

と手配してくれた伊賀組の組頭・柘植弥市《つげやいち》の妹であった。

当初三十人はいた、柘植弥市率いる伊賀者たちも、ある者はオロシアとの抜け荷を積んで江戸へ向かう北の海で海賊と戦って倒れ、ある者は押し入った屋敷などで斬り合って果てて、残るは十四人となっていた。

弥市たち伊賀者は、密かな任務《つとめ》についたときに、突然、伊賀組から抜け、いずこかへ行方をくらました者たち、として処断され、士籍《しせき》を剝奪されて、帰るべき城を失っていた。

「表沙汰には出来ぬ任務とはいえ、われらは老中・田沼意次様の命で働いたのではないか。それが、田沼様が罷免されるや、すべてを闇に葬られ、士籍剝奪の扱いだけが公のこととして罷《まか》り通るとは、あまりに非道な幕府のなさりよう」

と憤《ふん》怒《ぬ》し、敵討ちを企てる泉太郎と行動をともにする道を選んだ、柘植弥市と伊賀者たちであった。

さまざまなおもいが交錯し、障子戸を開ける泉太郎の手を、わずかの間、止めさせた。

と……。

気配を察したのか、土間に下りる足音がし、なかから表戸が開けられた。

泉太郎の顔を見るなり、お澄がいった。

「お話があります。早く中へ入って」

ただならぬお澄の顔つきだった。

泉太郎が土間に入るなり、障子戸を閉めて、振り向いて、つづけた。

「兄たちが、今夜こそ押し入る、泉太郎さんが帰ってきたら強談判《こわだんぱん》し、共に行動させると、いきまいています。今夜は風が強い。大火事になる、といったら『張込みがつづいている。これ以上、時はかけられぬ』と」

「……それで、夕餉の支度にかこつけて待っていてくれたのか」

「夕餉を終えたら連れて来い、とそれは凄い剣幕で」

泉太郎は黙った。

柘植弥市のいうとおりだろう。二組の張込みがつづいているのだ。

泉太郎たちの動きを知るべく、探索がつづいているのは、さきほどの結城蔵人のことばから推断できる。急を要する事態に陥っていることは、たしかだった。

「兄たちの目的は泉太郎さんとは違います。押込みで多額の金品を得る。その金品で、どこぞの土地で皆と安穏に暮らす。それが、真の狙いなのです」

「わかっている」

「えっ？」

「赤猫の捨蔵を名乗って盗みを働き、押し込んだ商家、屋敷から金品を奪い、家人、奉公人を皆殺しにして火をつける。弥市さんが、復讐を仕遂げるには、盗っ人の仕業とみせかけるほうが、何かとやりやすいのではないか、と持ちかけてきたときに、薄々感じていた」

「それでは……」

泉太郎はお澄をみやった。穏やかな、優しげな目だった。

「それでもいい、とおもった。おれの目的は無実の罪に陥れられた父の無念を晴らすこと、ただそれだけだ」

「泉太郎さん……」

「腹が減った。夕餉にしよう」

泉太郎は草履を脱ぎ、板敷へ足をのばした。


弥市の住まいの狭い座敷には、伊賀者たちが所狭しと坐していた。神棚を背にして泉太郎、その傍らに柘植弥市がいた。

もしも蔵人がその場にいたら、猿回しや易者など、何人か見かけた顔を見いだしたに違いない。鳥追い女に化けて、赤井禄郎を追及する蔵人の動きを探ったのはお勝《かつ》とお澄だった。お勝は夫とともにオロシアとの抜け荷にかかわった。夫は北海の海賊との戦いに倒れている。

泉太郎が座につくなり、弥市が、

「どうする？」

と問うた。いつ押し込むか、という意味が言外にこめられていた。

「今夜」

「今夜？」

意外な泉太郎のことばに、弥市が訝しげな声を上げた。座敷のあちこちでどよめきが上がった。

「柳生流十字手裏剣を使ったことが、事を迅速に運ばざるをえない事態を招いたのだ。そのこと、どう決着をつけるつもりだ」

泉太郎が鋭く弥市を見据えた。一隅に控えたお澄が、はっ、と胸をつかれたほどの、一触即発の危機を秘めた厳しい口調だった。弥市が泉太郎に向き直って、見つめた。きっぱりといった。

「柳生流十字手裏剣には、われら伊賀者の矜持がかかっている。陸奥屋泉太郎殿にとやかくいわれる筋合いはない」

「……はなから、ひとつのこころではない。そういうことか」

「そうだ」

息苦しいまでの沈黙が、その場に流れた。刀の鯉口を切る音が、あちこちから聞こえた。陸奥屋泉太郎に対する伊賀者の本心が、垣間見えた。

弥市がつづけた。

「抜け荷の罪をきせ、陸奥屋を、主人の七蔵殿もろとも闇から闇へ葬り去った輩は、我らを、公儀直下の伊賀組から、謂われもなく抜け、行方をくらました不届き者として士籍から抹消した。そのことに対する憤りが、泉太郎殿の敵討ちに加担する決意をさせたのだ」

　泉太郎は黙って話に聞き入っている。弥市はことばを継いだ。

「もともとは伊賀も柳生も、金剛山を挟んで隣り合う山里で武術を錬磨しあった土豪であった、と聞いている。それが、徳川家に取り入る、媚《こ》びへつらいの手練手管の巧拙で、かたや将軍家剣術指南役として幕閣に君臨し、かたや伊賀者として蔑《さげす》まれ、隠密や千代田城御門の警固番士など小身、軽輩の身分においやられている。徳川家の、あまりにも片手落ちの仕打ちに、われら伊賀者は恨みを語り継ぎ、積み重ねてきたのだ」

「……幕府が開府されてから、すでに百八十年余になる。あまりにも遠い昔の話だとはおもわないのか」

　泉太郎が静かな口調で問いかけた。

「足を踏んだ者は、踏んだ事をすぐに忘れる。が、踏まれた者は、なかなか踏まれた事を忘れぬものだ。柳生流十字手裏剣をあえて使ったのは、此度のことに柳生家を巻き込み、落度を作り出して、あわよくば改易の憂き目にあわせてやりたい、とのおもいから発した奇策でもあるのだ」

しばしの間があった。

泉太郎が、その静寂を破った。

「残るはふたり。元勘定奉行・間部民部正、元勘定方組頭・佐々木茂右衛門。おれの戦は、それで終わる。柳生家と伊賀者の積年の確執は、おれには無縁のこと」

「柳生は我々伊賀者が倒すべき相手。手出しは無用だ。おぬしは、父の恨みを晴らすことだけ、ただそれだけを心掛けておればよい」

「今夜押し込むは、駿河台下の佐々木茂右衛門の屋敷。半刻後に支度をととのえ、ここへ集まってもらいたい」

「みんな、しかと聞いたな」

弥市が念を押した。

「承知」

「存分に腕を振るうぞ」

の声が伊賀者の間から上がった。弥市が伊賀者たちに向き直って告げた。

「大滝周助《おおたきしゅうすけ》、柳生流十字手裏剣は残っているな」

「数百は作りだめがありまする。なくなれば作ればいいだけのこと」

大滝周助が応えた。鋳掛屋に姿を変え、町を流して商いをつづけていた男だった。

「お勝、お澄とともに、盗み取った金品の隠し場所として、かねて確保しておいた鐘《かね》ヶ淵《ふち》の古寺へ、必要なものを運びこんでおけ。市蔵店は今宵限り。押込みへ繰り出したら二度とは、もどらぬ。泉太郎殿、よろしいな」

泉太郎が無言でうなずいた。


泉太郎は着替えを入れた風呂敷包みのなかへ、父と母の位牌《いはい》を入れた。画材は置いていくことにしていた。すでに無用の品であった。佐々木茂右衛門はともかく間部民部正は、勘定奉行を拝命しただけあって屋敷の警戒は厳重だった。何度か下見して、そのことを、強く思い知らされている。

（間部民部正の屋敷が、命の捨て場になるかもしれぬ）

泉太郎の脳裏をかすめたおもいがあった。

泉太郎はすでに黒装束に着替えていた。胴田貫を手にとり、片膝をついて腰に帯びようとした。

胴田貫を見つめたとき、鮮烈な光が躰を走り抜けた。

（胴田貫、だ）

結城蔵人に、なぜか好意を抱いている、その理由《わけ》が、解けた気がした。

胴田貫が、ふたりの縁のもとであったのだ。

胴田貫を自由自在に操り戦う者と、泉太郎は、いままで斬り合ったことがなかった。はじめて刃を交わしたときの驚きと、躰の奥底から湧き上がった熱いおもいを、泉太郎は忘れてはいない。

「理不尽を憎む者」

と結城蔵人は、いった。

「理不尽を糺そうとおもう者」

と泉太郎は応じた。いま、泉太郎は、蔵人も、また、

「理不尽を糺そうとおもう者」

のひとりなのだ、と推断していた。いや、確信した、といってもいい。

理不尽を糺そうとおもっているだけではない。理不尽を糺しつづけているのではないのか。だとすれば、おれとは立場を異にするが、同じ志を持つ者ということになる。

「眼だ……」

蔵人の眼光の奥深くに、おのれと似た光があるのに、泉太郎は、今更ながら気づかされていた。

「結城、蔵人……」

刃をあわせるしかない相手であった。命のやりとりをしたくない相手でもあった。

いつしか泉太郎は、胴田貫を摑んだ手に、あらんかぎりの力をこめていた。


その夜、市蔵店の張り番にあたっていた佐竹孫造と杉田甲子郎《すぎたこうしろう》は、不運だった、というほかはない。

市蔵店の路地木戸の脇で、佐竹孫造と杉田甲子郎は、寒さに手を揉み合わせながら、所在なげに立ち尽くしていた。

と、突然、風切音を発して、飛来してくるものがあった。

振り向いた佐竹孫造の目に飛び込んできたのは、市蔵店の屋根上から飛来してくる、多数の柳生流十字手裏剣だった。焦って刀を抜こうとしたが、顔面と首筋、胸元に柳生流十字手裏剣が突き立っていた。

数歩よろけた杉田甲子郎が、大刀を半分ほど抜きかけたまま、躰を廻転させて倒れていった。顔面と首筋、肩口、胸に無数の柳生流十字手裏剣が突き立っていた。

薄れ行く意識のなかで、佐竹孫造は死力をふりしぼった。何が何でも大刀を抜かなければいけない。抜かないと、士道を果たせぬ未熟者として処断され、家禄を召し上げられる。

そのおもいが、佐竹に大刀を抜かせた。抜いたとたん力尽き、その場に大の字に倒れ込んだ。

その屍に降り注ぐように、さらに多数の柳生流十字手裏剣が突き立った。

突き刺さった柳生流十字手裏剣で、針鼠《はりねずみ》となった佐竹孫造と杉田甲子郎の傍らを、強盗頭巾《がんどうずきん》に黒装束の一団が駆けぬけていき、屋根から飛び降りた、二人の黒装束がつづいた。

町家の蔭に潜んでいた安積新九郎と神尾十四郎は、ただ、瞠目《どうもく》していた。

あまりにも瞬時の出来事だった。

黒覆面、黒装束の一群は、みるみる遠ざかっていく。一糸乱れぬ、統制のとれた見事な動きだった。

呆けたように見入っていた新九郎と十四郎は、黒装束の群れが方向を変え、姿がみえなくなってから、はじめて我に返った。

「行くぞ」

声をかけた新九郎が佐竹孫造たちへ向かって、飛び出した。十四郎がつづく。

突然、新九郎の動きが止まった。ぶつかりそうになった十四郎が脇へ跳んだ。目を見張る。

目の前に黒の強盗頭巾で顔を隠し、黒装束に身をつつんだ男が立っていた。刀の鯉口を切った。

新九郎と十四郎は大刀を抜きはなった。

黒装束がゆっくりと刀を抜いた。所作の一つ一つに無駄がなかった。

(出来る……)

新九郎が胸中で呻いた。傍らの十四郎が生唾を呑み込む気配がした。

黒装束が大刀を正眼につけた。

新九郎らの視線が、自然と刀に釘付けとなった。

「……胴田貫」

新九郎が思わず声を上げた。

黒装束が構えた刀は、まさしく、結城蔵人の愛刀・胴田貫と同じものだった。

しかも、蔵人の胴田貫より一回り肉厚な、人を斬るための道具であった。

「わが愛刀を胴田貫、と見極めたか。結城蔵人の手の者、とみた」

新九郎と十四郎は、応えない。死なばもろともの決意を秘めて、間合いを詰めた。

「去れ。結城蔵人の息のかかった者を斬る気はない」

斬りあえば勝つ、と決めた傲岸不遜《ごうがんふそん》の物言いだった。

新九郎が右下段に構え、半歩迫ったとき、

「引かぬ」

一声吠え、十四郎が上段から斬りかかった。

黒装束の胴田貫が逆袈裟に振り上げられた。

鈍い、鋼の激突音が響いた。

真っ二つに叩き折られた刀が宙に弾け飛んだ。手が痺れたのか、十四郎が折れた刀を取り落とす。

間髪を入れず――。

新九郎が、右下段から刀を突き上げた。逆袈裟に振り上げた黒装束の脇に生じた、わずかな隙をついての攻撃だった。

が、黒装束の動きは素早かった。

斜め上段から、胴田貫を新九郎の刀に叩きつけた。

あまりに凄まじい衝撃に新九郎が前のめりに体勢を崩した。

（斬られる……）

新九郎は観念した。

が、不思議なことに黒装束は数歩後退《あとずさ》っていた。

「なぜだ？」

おもわず声を高めて、問うた。

「この世の理不尽を糺そうとしている者、とみた。後を追って来ぬかぎり、斬らぬ。しかし、追いすがれば、斬る」

口調に有無をいわせぬ威圧があった。

いうなり、黒装束は踵を返した。その姿が遠ざかり、小さくなった。

新九郎は動けなかった。十四郎も、また、その場に立ち尽くしていた。追う気力すら失せたようにおもえた。

新九郎は金縛りにあっていた。その金縛りは、黒覆面が視界から消え去るまで解けなかった。

三

住まいには柴田源之進が待ち受けていた。

蔵人を見張る柳生の者ふたりは、いつもと変わらぬ、境内からつらなる雑木林の蔭に身を潜めている。ふたりいるということは、蔵人が松風彩麿に不意に斬りつけたことを、さほどの大事と受け取らなかった、と推断すべきであった。かなりの修行を積んだはずの柳生の者たちが、彩麿とのやりとりを見過ごしたのには理由がある。

蔵人には殺気がなかった。

本気で松風彩麿に仕掛けていない、と判じたに違いないのだ。剣の錬磨に励んだ者の陥りやすい、判断の落とし穴というべきであろうか。

柳生の者ふたりの判断の誤りは、市蔵店を張り込む、同門の佐竹孫造らの死を招く遠因になったことになる。

柴田源之進は、まず多聞の診療所を訪ね、雪絵から、蔵人が出かけたため張り込む柳生の者たちも尾行に出ていることを聞かされた。

柴田源之進は、長谷川平蔵が、

「ひそかに探索していることにつき、内々にての御助力、願いたく……」

と記した書付をたずさえて、相田倫太郎とともに、陸奥屋の調べにあたった目付役・飯田左内《いいださない》の屋敷へ出向いた。

結果、蔵人の見込みどおり、いままで赤猫の捨蔵一味が押し込んだのは、田沼意次が画策した、陸奥屋のオロシアとの抜け荷にかかわった者たちだ、ということが判明した。

「至急、復申せねばならぬことがあります。御頭からは、柳生の者が張り込んでいるゆえ、住まいを訪ねてはならぬ、といわれておりますが、此度は、御頭の命を破らねばなりませぬ」

と夕餉の支度に出向く雪絵とともに、蔵人の住まいへ入り込んだのだった。


「やはり、そうであったか」

柴田源之進から復申を受け、蔵人は、そういって腕を組んだ。

「この世の理不尽を糺そうとおもう者」

と松風彩麿はいった。

(間違いない。松風彩麿は陸奥屋の跡取りの泉太郎の仮の姿なのだ)

蔵人は、

(近々、風のない日に必ず動く)

と推断した。

柴田源之進の調べで、残るはふたり、元勘定方組頭・佐々木茂右衛門と元勘定奉行・間部民部正であることが判明している。

蔵人は柴田源之進を見やった。

「長谷川様には、このこと、ご存じであろうな」

「相田殿が復申されているはず」

うなずいた蔵人は、

(このことを知った長谷川様は、ひそかに老中首座、松平定信様に『二人を守るべきか否か』と御伺いをたてられるに違いない。御老中は、どう答えられるであろうか)

と考えた。

(おそらく、警固の必要なし)

と答えられるはず、と蔵人は即座に判じた。

松平定信の田沼意次嫌いを知らぬ者は、幕臣のなかにはいない、といっても過言ではなかった。

松風彩麿こと陸奥屋泉太郎は、いつ動くか。

蔵人の思案が弾けた。

（風のある日に押し込みを仕掛けることも、ありうる）

そのことに思い至ったとき、蔵人は、風のない日にこだわりつづけた迂闊さを知った。

柳生の者が張込みをつづけ、さらに、蔵人の指示で数日前から、昼は木村又次郎と真野晋作、夜は安積新九郎と神尾十四郎の組が張込みを始めたのだ。泉太郎が次第に追い込まれた気持ちになっていくのは、しごく当然のことと思われた。

（まさか、今夜ということはあるまい）

蔵人は、そう判じた。

が、さほどの時を経ることもなく、判断が甘かったことを思い知らされることになる。

夜半、表戸を叩く者がいる。

柳生の者たちに後をつけられ、どこに住んでいるか覚《さと》られることがないように、柴田源之進は蔵人の住まいに泊まり込んでいた。

「柳生の者？」

夜具から跳ね起き、大刀を引き寄せた柴田源之進が蔵人に問うた。

不意の襲撃に備えて、蔵人も柴田源之進も夜着に着替えていない。

「……違うようだな」

蔵人が外の気配を探ったとき、

「御頭」

と、呼びかける声が、かすかに聞こえた。

「新九郎……？」

柴田源之進が首を傾げた。

「よほどのことがないかぎり、おれの住まいを訪ねてはならぬ」

と蔵人からきつく戒められている。

それが、やって来た。

よほどのことが起きた、とみるべきであった。

蔵人は目配せした。柴田源之進がうなずく。

胴田貫を腰に差し、蔵人が板敷へ向かった。

柴田源之進も大刀を帯び、つづいた。

蔵人は土間に降り立ち、表戸の脇に立って心張棒をはずした。

表戸を内側から引き開ける。

安積新九郎と神尾十四郎が、折り重なるように土間に転がり込んできた。

蔵人は、素早く表戸を閉め、ふたりへ向き直った。

「動いたのか、松風彩麿が」

「松風彩麿かどうか定かではありませぬが、黒の強盗頭巾に黒装束の一群が張り込む柳生のふたりに、柳生流十字手裏剣を投じて屠《ほふ》りました。骸は針鼠の有様。彼奴《きやつ》らは、その死骸に見向きもせず、いずこかへ走り去りました」

十四郎が、口角泡を飛ばして、いった。

「柳生流十字手裏剣、とな。赤猫の捨蔵一味に相違ない」

「御頭、不可解なことが」

新九郎が口をはさんだ。

「不可解なこと？」

「追おうとした我らの前に、やはり黒の強盗頭巾をかぶり、黒装束に身をつつんだ男が立ちふさがりました。そ奴の手にしていた刀こそ、まさしく胴田貫」

「胴田貫、だと」

「それも、御頭のより一回り大きいもの。おもわず、胴田貫、と驚きの声を上げましたところ、解せぬ問いかけが」

「何と申した？」

「わが愛刀を胴田貫と見極めたか。結城蔵人の手の者とみた、と」

「何っ……」

新九郎は手短に黒装束とのやりとりを語った。斬り合いとなり、十四郎は刀を折られ、新九郎が、あわや命を絶たれるところを、

「何故か、その黒装束は一太刀も浴びせず、後退って」

こう告げた。

「この世の理不尽を糺そうとしている者、とみた。後を追って来ぬかぎり、斬らぬ、と」

「この世の理不尽を糺そうとしている者、といったか……」

松風彩磨、いや、陸奥屋泉太郎、だと蔵人は判じた。

「赤猫の捨蔵一味は、いずこへ向かったのだろうか」

「それが、しかとは定めがたく。何しろ、足止め同然の有様でして」

十四郎が苦く笑った。

「本所、もしくは駿河台下の二ヵ所にしぼれば、どうだ？」

十四郎が首を捻った。

「走り去った方角からみて、駿河台下ではないか、と」

「駿河台下……」

だとすれば、赤猫の捨蔵一味が向かったのは、元勘定方組頭・佐々木茂右衛門の屋敷、ということになる。

「駆けつけても間に合うまい。大火にならねばよいが……」

幸いにも駿河台下は、大身旗本の屋敷が建ちならぶ一帯だった。屋敷と屋敷の間は塀と、かなりの広さの庭園で隔てられている。建物の密集した町方で火事が起きた場合とくらべれば被害は少なめ、とみるべきであった。蔵人は、

「今夜は、動かぬ」

と決めた。

「今夜は泊まって行け。明日は、この屋から出て三方へ散ればよい。ふたりでは

三人はつけられぬ。浅草など人の集まるところへ足をのばし、茶店などで一休みして、尾行がないことを確かめたら、引き上げるがよい」

柴田源之進ら三人が、同時に、顎を大きく縦に引いた。


柳生家上屋敷へ、その知らせが届いたのは暁七つ半（午前五時）を、少し過ぎたころであった。

表門を激しく叩く音に、門脇の番所に詰める門番が物見窓の障子を開けた。門の前で、腰に十手を帯びた下っ引きらしい男が門扉を叩いている。

「御用の筋とみたが、何事かな」

と、門番が問いかけた。

「柳生家の御家来とおぼしきお方がふたり、新下谷町の裏長屋、市蔵店の路地木戸の前で絶命されておられます。懐中をさぐったところ、巾着に身元が記された紙片が入っておりました。『柳生家家臣　佐竹孫造』と書いてありましたので、とりあえず、お知らせせねばとおもい、駆けつけてまいりました」

と丁重な物腰で告げた。

各藩の江戸藩邸では、参勤交代で江戸へ出てきた国元の藩士たちや、血気盛んな江戸詰めの者たちが、盛り場などで町人たちと諍いを起こしたときに備えて、江戸南北、両町奉行所の与力などに、密かに手当を与え、諸々の揉め事のもみ消しにあたらせていた。

藩士が、私闘の果てに路上に屍をさらしたとなると、管理不行き届きのかどをもって藩ならびに藩主が咎められた。時と場合によっては、藩士の犯した不祥事がもとで改易などの憂き目にあうことも少なくなかった。

佐竹孫造は、れっきとした柳生藩士である。顔も見知っている。門番はおおいに慌て、側役《そばやく》の者に注進した。

側役は江戸家老に、

「いかがいたしましょうか」

と、お伺いをたてた。家老は、

「表沙汰になっては何かと面倒。事は、あくまで秘密裏に処理せねばならぬ。ただちに、骸《むくろ》を引き取りに出向け」

と命じた。

すべての処置が、江戸家老と側役たちの間でとられた。

庄司喜左衛門が、佐竹孫造らの惨殺体が路上にさらされていた、と知ったのは、骸が上屋敷へ運び込まれてから後のことである。

江戸家老から報告を受けた柳生対馬守は激昂《げっこう》した。庄司喜左衛門を呼びつけ、

「佐竹孫造と杉田甲子郎は、おまえの配下として、柳生流十字手裏剣の探索にあたっていたのではないのか。それが躰に無数の柳生流十字手裏剣を受けて、路上に骸をさらすとは不名誉この上ない。このような不祥事に立ち至ったは、庄司、すべて、おまえの怠慢な差配ぶりにある」

と、江戸家老や側役たちの面前で怒鳴りあげた。柳生対馬守は凡庸の人であった。将軍家剣術指南役とはいいながら、剣術の腕もさほどではなかった。さりとて錬磨して技を磨く気力もない。

ただ、面子《メンツ》にはこだわった。

藩主として君臨する。そのためにだけ、持てる力のすべてを注ぎ込んでいる。そう評されても仕方のない、日々の暮らしぶりだった。

その柳生対馬守が額に青筋を立てて、怒っている。

「柳生家を、主君の名誉を守り抜くのが家臣の務めじゃ。柳生流十字手裏剣の始末、すみやかにつけるのじゃ。決着がつくまで目通りかなわぬ。本日ただ今より道場師範代の役向きからはずれて、探索に励むがよい」

庄司喜左衛門にことばはなかった。深々と頭を垂れ、主君の罵倒《ばとう》に耐えつづけた。

明六つ（午前六時）を告げる、浅草寺の鐘の音が風に乗って聞こえてくる。

結城蔵人は、急に思い立って、駿河台下へ出向くことにした。佐々木茂右衛門の屋敷の様子を自らの目で確かめるためであった。

「おれが出かけたあと、柳生の者どもがどう動くか見極めるのだ。ふたりともおれの後をつけるようだったら、住まいへ帰るがよい。もし、ひとりだけ居残るようだったら、昨夜決めた段取りどおり三人一緒にここを出て、三方に散れ」

蔵人は、出がけに柴田源之進らにそう言いおき、貞岸寺の表門へ歩みをすすめた。張り込んでいた柳生の手の者がふたり、見え隠れに後をつけてくる。蔵人は狙いどおりに事がすすんだことに、おもわず笑みを洩らしていた。

駿河台下の佐々木茂右衛門の屋敷は、見事なまでに焼き尽くされていた。風向きの関係か、向かって左隣りの屋敷が半焼している。

（風が強かったわりには被害が少なかった。不幸中の幸いというもの）

蔵人は焼け跡の前に立っていた。

まだ火の気《け》が残っているのか、定火消したちが、焦げた柱などを突き崩しているのが、焼け崩れた塀越しに見える。

（まずは、長谷川様にお知らせせねばなるまい）

蔵人は悠然と踵を返した。

四

清水門外の火付盗賊改方の役宅は、まだ静けさのなかにあった。与力、同心たちの長屋からは、朝餉のみそ汁の香りが漂っている。

小袖を着流した平蔵が床の間を背に、向かい合って蔵人が坐していた。

「佐々木茂右衛門の屋敷に押し込んだか」

「おそらく佐々木様はじめ家人、奉公人はすべて生きてはおりますまい。赤猫の捨蔵のいつものやり口、屋敷はきれいさっぱり焼け落ちておりました」

「残るは間部民部正、ただひとりか……」

平蔵の口振りで、

「赤猫の捨蔵一味が押し込み、極悪非道のかぎりを尽くした屋敷の主人《あるじ》は、いずれも陸奥屋のオロシアとの抜け荷に、かかわりのある者たちでございました」

との報告を、相田倫太郎から受けていることが察知できた。

「狙われていると推断できる間部様、守るべきか否か。それとも赤猫の捨蔵一味を退治することに主眼をおくべきか」

蔵人の問いかけに平蔵は、ふむ、と首を捻った。

「むずかしいところだ。屋敷の内外《うちそと》に警固の者を配し、仰々しい警戒ぶりを見せつければ、赤猫の捨蔵一味は寄りつきもしないであろう」

「誰もが勝ち目のない戦は避けたいもの。まず、姿は現しますまい」

「わしも、そうおもう」

「しかし、見殺しには？」

「できぬな。が、見殺しにせよ、とおっしゃるお方もおられるかも知れぬぞ」

「坊主憎けりゃ袈裟まで憎い、の譬《たと》えもございまする。田沼意次嫌いの御老中首座なら、あり得ること」

平蔵が、にやり、と悪戯《いたずら》を仕掛ける餓鬼のような表情をみせた。

「捕物を仕掛ける方からすれば、見殺しにするほうが、何かと手立てがたてやすいであろうが……」

蔵人は黙っている。

「ところで」

平蔵がことばの調子を変えて、つづけた。

「郁蔵と申したな。市蔵店の大家・市蔵の親戚筋で、浮世絵師としては松風彩麿と名乗っている男。あ奴が陸奥屋の倅《せがれ》か」

「確証は摑んでおりませぬが、陸奥屋泉太郎ではないかと」

溜池で松風彩麿に斬りつけたこと。

身軽に避けた彩麿が、

「この世の理不尽を憎む者」

と告げた蔵人に、

「この世の理不尽を糺したいとおもう者」

と返してきたこと。

市蔵店で、

「結城蔵人の手の者か」

と問うた、黒装束に身を包んだ泉太郎らしき男が、斬ることが出来るはずの新九郎と十四郎を見逃したこと、などを蔵人は語った。

聞き終えた平蔵が、

「陸奥屋が受けた仕打ちは、まさしく、理不尽以外の何物でもない。ただ」

「ただ……」

「金品を強奪し、家族、奉公人を皆殺しにした上、家屋に火をつける。赤猫の捨蔵一味の所業は許し難い。情けをかける余地は一点もない」

「……たしかに」

「何事にも、貫くべき王道、がある、とわしはおもう。理不尽を糺す、にもな。わかるな、蔵人。救うべきは救い、憎むべきは憎み、糺す。よいな」

「救うべきは救い、憎むべきは憎み、糺す……」

蔵人は、口を噤んだ。ややあって、告げた。

「すべて、わが胸のうちに」

平蔵が、うむ、と大きく顎を縦に引いた。

「どれ。御老中首座へ、お伺いを立てに出向くとするか。まだ、曲輪《くるわ》内の役宅におられるはず。兵は拙速《せっそく》を尚《たっと》ぶ、じゃ」

「御老中首座のご返答次第で向後の動きがかわります。お帰りになるまで、ここで待たせていただきまする」

「そうしてくれ。今夜にも間部の屋敷が襲われるかもしれぬでな」

「間部様の屋敷は本所。できれば長谷川様の私邸の一間《ひとま》でもお借りできませぬか。われらの、赤猫の襲撃にそなえての拠点にいたしたく」

「よい。御老中首座の屋敷よりもどり次第、わしとともに本所の屋敷へ出向こう。久し振りの私邸だ。少しのんびりしてくるか」

平蔵は呵々《かか》と笑った。


「かまわぬ。赤猫の捨蔵一味から押し込まれたら元勘定奉行の面目にかけて、間部民部正めが堂々と受けて立ち、斬り伏せたらいいのじゃ」

松平定信は、ふっ、と鼻先で笑って、つづけた。

「もっとも、賄づけで欲ぼけの間部め。刀の持ち方も、忘れたかも知れぬがな」

曲輪内の老中の役宅の一間に、定信と平蔵はいる。

「警固はしなくてもよい、ということでございますな」

平蔵が念を押した。

「よいよい。田沼の息のかかった旗本などに、質実剛健の、戦国の世の徳川旗下の武士の心意気を取り戻すなど、とてもできぬこと。いまは、いらぬわ、そのような欲ぼけ。赤猫の捨蔵一味が始末してくれれば、手間が省けてよい、というもの。捨て置け」

「では、捨て置くことにいたしまする」

定信が皮肉な目を向けた。

「もっとも、田沼の引き立てで火付盗賊改方長官の任に就いた長谷川としては、何かと後味が悪いことになるやもしれぬがな」

平蔵が、深々と頭を垂れて、いった。

「向後、心して勤めまする」

「長谷川平蔵は大向こうの受けを狙った捕物ばかり仕掛ける曲者、山師との、芳しくない風評が耳に入ってくる。発したことばどおり、日々心して勤めるがよい」

棘《とげ》を剝き出した定信の口調だった。

「おことば、身に染みましてございまする」

平蔵は、畳に額を擦《こす》りつけんばかりに平伏した。

平蔵と蔵人は、本所の平蔵の私邸へ向かう前に、新下谷町の市蔵店へ出向いた。

平蔵は深編笠をかぶり、着物を着流した、いつもの大身旗本の忍び姿とみゆる様子だった。

路地木戸近くの町家の蔭に、木村又次郎と真野晋作がいた。

その前を横切るときに、蔵人が目線を背後に走らせた。尾行がついている、との合図であった。

察して、視線の先にちらと目を向けた木村又次郎と真野晋作が、そっぽを向いた。

路地木戸の脇に、柳生の門弟とおぼしき二人が立っていた。目が血走って、妙に殺気だっていた。同門の者ふたりが惨殺されているのだ。気持ちが高ぶるのは当たり前のこと、といえた。

路地木戸をすぎて市蔵店に足を踏み入れたとき、平蔵が小声でいった。

「はて、人の気配がせぬが……」

「昨夜の押込み、あまりにも唐突な動きよう。ひょっとしたら一味は市蔵店を捨てる気ではないのか、と推量しましたが、どうやら」

「悪い目が出たか」

「未熟な、と恥じております」

「わしも、似たようなものよ。浮世絵師の住まいは一番奥か」

「は」

「のぞいてみるか」

「柳生の者の目がありますが……」

「火付盗賊改方長官・長谷川平蔵。探索するが役目じゃ」

すたすたと松風彩麿の住まいへ向かって歩いていくと、無造作に表戸に手をかけた。

何の抵抗もなく、腰高障子が開いた。

蔵人を振り向いて、いった。

「悪い目だ。不用心にも、心張棒もかっておらぬ」

中へ入っていく。蔵人が、つづいた。

板敷に六畳に四畳半の二間つづきの座敷には、小ぶりな衣装簞笥などが置かれていた。台所には鍋や釜など、煮炊きの道具が残されている。

「留守にしている、としか見えないが……」

平蔵がつぶやいた。

市蔵店はもぬけの殻であった。

「かねてから第二の隠れ家を用意していたのではないか、とおもわれます」

蔵人が応えた。

「おそらく、そうであろうよ。陸奥屋の忘れ形見、なかなかの知恵者」

「いや、動きの絵図を描いたは、伊賀者ではないかと」

「密偵、探索を主たる任務としてきた伊賀組。いまでは城門警固など番方のお務めに就いていることが多いが、なかには生真面目に忍法を研鑽《けんさん》した者もいるはず。敵にまわせば厄介極まりない相手だ」

「そうです。一筋縄にはいかぬ者たち」

話しながら、平蔵と蔵人の手は箪笥の抽出《ひきだし》を開けて中身を調べたり、押入を開けて、積まれた布団や風呂敷包みを取りだしたりしている。

「これは……」

押入から持ち出した風呂敷を広げた蔵人が声を上げた。

「どうした」

手を止めた平蔵がのぞき込んだ。

風呂敷包みの中身は画具と風景を写した多数の絵だった。数百枚はあるだろうか。それらの絵の一番上に置かれていたのは、オロシアの風景を写した絵であった。

「まさしく、オロシアの風景を写した肉筆の浮世絵。赤猫の捨蔵一味が押し込み、火付けした屋敷の焼け跡に残されていた、燃え残りの浮世絵と同じ筆致のもの」

平蔵が、呻いて、つづけた。

「粋なことを。松風彩麿は、自分が陸奥屋泉太郎であることを誰かにつたえるために、この風呂敷包みを残したのだ。焼け跡に、オロシアを描いた浮世絵の燃え殻《がら》を残したようにな」

「誰か、とは？」

「この世の理不尽を糺したい、とおもう者、とおのれの本心をつたえた相手、結城蔵人こそ、その相手だとおもうが」

蔵人は黙った。オロシアの風景を写した絵を見つめる。この絵のなかには陸奥屋泉太郎の怨《うら》みが籠められているような気がした。

平蔵が、低く告げた。

「御老中首座が云われた。欲ぼけの間部民部正、刀の持ち方も忘れたかもしれぬがな、とな。わしらが任務は、赤猫の捨蔵一味を処断すること。陸奥屋泉太郎の怨念晴らしは、それとは別の話じゃ。そこまで立ち入ることはなかろうよ」

「……赤猫の捨蔵を処断する。任務《つとめ》はその一点のみ。そうでございますな」

「おもえば目に余るほどの賄の横行、銭がすべての金権政治の世であった。恥ずかしながら、わしも、その政の末端にいたひとりじゃ。間部がことは、御老中首座のおことばに従うが一番だとおもう」

神妙な口振りの平蔵であった。

蔵人は黙した。

物言わぬはずのオロシアの風景画が、蔵人と平蔵に、さまざまなおもいを語りかけてくる。


泉太郎らが行方をくらましたのはあきらかだった。いずこへ消えたか、手がかりは何ひとつなかった。

蔵人の打つ手立てはただひとつ、本所・南割下水の間部民部正の屋敷に、赤猫の捨蔵の名を騙《かた》る、陸奥屋泉太郎と柘植弥市の一味が押し込むのを、ただ、凝《じ》っと待つしかなかった。

蔵人は雪絵を通じて安積新九郎、神尾十四郎ら裏火盗の面々に、

「本所、入江町《いりえちょう》の時鐘近く、菊川町《きくかわちょう》の長谷川平蔵様の私邸に泊まり込み、南割下水にある元勘定奉行・間部民部正屋敷への、赤猫の捨蔵一味の押込みにそなえよ」

とつたえさせた。

仁七と吉蔵には、間部屋敷の張込みを命じた。木村又次郎たち五人のうち二人に、交代で仁七たちを補佐するよう指示することも忘れなかった。

多聞は早めに診療所を閉め、暮六つ（午後六時）には、長谷川平蔵の私邸にいるようにした。診療を受けに通ってくる病人、怪我人の面倒を出来うる限りみてやるべき、との蔵人の判断と、みたい、と望む多聞のおもいがひとつになった結果の段取りであった。

蔵人もまた、張り込む柳生の者たちに、堂々と姿をさらして長谷川屋敷へ入った。

「火付盗賊改方長官・長谷川平蔵の、本所・菊川町の私邸に結城蔵人が入ったまま、出てこぬ」

との報告に庄司喜左衛門は首を傾げた。

「市蔵店に人気《ひとけ》がない。誰ひとり戻ってくる様子もない」

ないとの復中も受けている。

結城蔵人の動きから赤猫の捨蔵一味の行方を探る、との策しか持ち合わせていない庄司喜左衛門に、もはや打つ手はなかった。

頼みの綱ともいうべき結城蔵人は、惨殺された佐竹孫造たちの骸が屋敷に運び込まれた日の夕暮れどきに長谷川の屋敷に入って、一度も出てこないというのだ。

（おそらく、何かの手がかりを摑んだ上でのことであろうが……）

庄司喜左衛門には、それが何か、皆目、見当がつかなかった。

このまま手をこまねいて、時が過ぎるのを待つわけにはいかなかった。

（どうしたものか……）

庄司喜左衛門は、底なし沼に似た思案の深間《ふかま》に、一気に呑み込まれていった。

五

蔵人ら裏火盗の面々が、長谷川平蔵の私邸の三間をあてがわれて、三日目の朝を迎えた。この間、間部の屋敷には何の異変もなかった。

仁七の組が昼、吉蔵の組が夜に張り込むと決められていた。仁七が、

「年寄り扱いするようで吉蔵さんには申し訳ねえが、あっしのほうが躰が達者だ。夜の張込みは、あっしにまかせなせえ」

と申し出たのだが、吉蔵が、

「これぱっかりは、おれにやらせてくれ。やらなきゃならねえ義理があるんだ。事情はきかねえでくれよ。おれの意地をたてさせてくんな」

と頑固に言い張って、譲らなかったのだ。

仁七と張込みを交代して戻ってきた、吉蔵と神尾十四郎の復申を聞き終えた蔵人のもとへ、平蔵の私邸の留守を預かる用人が、

「庄司喜左衛門と申される方が、結城様に会いたい、と訪ねてこられました。会うまで帰らぬ、とおっしゃって」

ほとほと困っている、といいたげな様子で取り次いできた。

「会いましょう」

蔵人は腰軽く立ち上がり、玄関へ向かった。

式台の前には、尖った顔つきの庄司喜左衛門が立っていた。蔵人の顔を見るなり、

「結城殿、頼みがある。この通りだ」

いきなり腰から大小を抜き取り、右脇へ置きながら土下座した。額を地面に擦りつけた。

「庄司殿、何をなされる」

蔵人は歩み寄り、その手を取った。

「ここでは話もしにくかろう。町へ出て、ぶらぶらと歩きながら話すも一興」

「では、願いの筋、お聞き届けを」

庄司喜左衛門の眼には必死なものがあった。

「出来ることと出来ぬことがござる。何も聞いておらぬ今は、返答のしようがござらぬ」

「何卒《なにとぞ》よしなに……頼み事の出来る間柄ではござらぬが、御主《おぬし》しか、すがる相手がおらぬ」

庄司喜左衛門は蔵人の手を握り返した。

歩きながら話そう、といった蔵人だったが一言も口を利かぬまま、南割下水に沿ってすすんでいく。庄司喜左衛門もまた、無言でつづいた。

津軽藩上屋敷の手前を左へ曲がって三軒目が、間部民部正の屋敷であった。

蔵人は表門の前で足を止めた。

「ここは、田沼意次様が御老中として権勢をほしいままにしていた頃、勘定奉行を勤めておられた間部民部正様の屋敷でござる。御役に就いていた頃は、賄づけの暮らしぶりで、屋敷内には、もらった金銀財宝が眠っているとの噂でござるよ」

並んで間部民部正の上屋敷を見上げた、庄司喜左衛門がつぶやいた。

「……賄づけの暮らしぶり。もらった金銀財宝が眠っている」

次の瞬間……。

庄司喜左衛門が声をうわずらせた。

「それでは、赤猫の捨蔵が次に狙うは、ここ間部民部正様の屋敷、ということに。結城殿、かたじけない」

蔵人を見つめた。

「これ以上は、話せぬ」

と微笑みかけ、

「これにて御免」

蔵人はわずかに頭を下げ、踵を返した。

「結城殿……」

庄司喜左衛門は蔵人の姿が見えなくなるまで、その場に立ち尽くしていた。

その日の夕暮れどきには、柳生の手の者が二人一組で、間部の屋敷の周囲を点々と張り込んでいた。なかに庄司喜左衛門の姿もあった。

「柳生道場の門弟とおぼしき者たちが間部様の屋敷を取り囲むように張り込んでおります」

仁七が張り込みから戻ってきて、復申した。

平蔵の私邸の一間で、蔵人と仁七は向かい合っている。

蔵人は、腕を組んだ。

沈思するときの癖であることを知り抜いている仁七は、黙って、蔵人がことばを発するのを待っている。

腕組みを解いて、いった。

「皆を呼んできてくれ。明日から張込みのかたちを変えたい」

「わかりやした」

仁七は腰を浮かした。

翌日から仁七と柴田源之進、木村又次郎、真野晋作の組が、ことさらに姿をさらして、間部民部正の屋敷を張り込んだ。

夜になると吉蔵を中心に安積新九郎、神尾十四郎、大林多聞が張り込む段取りとなっていた。

蔵人は、昼夜を問わず姿を現す、いわば遊軍的な役割におのれを配した。昼は診療所で病人、怪我人を診る多聞の躰を気遣った蔵人は、夜半過ぎから張り込むことにしていた。

平蔵の私邸から間部民部正の屋敷まで、ゆっくり歩いても小半刻（三十分）を大きく余した。

（走れば、さして時はかからぬ）

と蔵人は判じていた。

柳生の者たちが加わり、さらに蔵人たちが張込みの数を増やしたとなると、泉太郎たちがどう出るか。

（赤猫の捨蔵の、たんなる盗っ人の押込みではない。かたちを変えた敵討ちなのだ。必ず来る）

ならば、泉太郎が一番恐れることは何か。

蔵人は、思考を押し進めた。

加勢の人数が増えることこそ、泉太郎が恐れることなのだ、と思い至ったとき、

（ここ数日が勝負）

と、探索で培った勘が告げた。

早ければ早いほどよい、と蔵人はおもった。

多聞ら裏火盗の面々の体力、気力にも限界がある。長期に亘る張込みは戦う力を削《そ》ぐ恐れがあった。

蔵人は、泉太郎がオロシアの風景を描いた肉筆の浮世絵を、市蔵店に残した意味を探った。

「この世の理不尽を糺す。糺させてくれ」

との泉太郎の語りかけが、その絵にこめられているような気がした。

「泉太郎はおれが斬る。他の者に斬らせるわけには、いかぬ」

こころの奥底から噴き上げたおもいがいわせた一言に、蔵人自身、とまどっていた。

斬りたくない、とのおもいが強い。

脳裏に、胴田貫を振るう泉太郎の姿が浮かびあがった。

「勝つとはかぎらぬ。勝負は時の運……」

蔵人は苦く笑った。


田畑に囲まれた、鐘ヶ淵の古寺は静寂のうちにあった。周囲には雑木がこんもりと生い茂り、外界から古寺を遮断しているかのようにみえた。が、寝静まっているとおもえた古寺の本堂では、泉太郎と柘植弥市を中心に伊賀者たちが円座を組んでいた。

「柳生道場の門弟たちに加えて、結城蔵人の手の者とおぼしき浪人どもが、数を増やして張り込んでおります。柳生の加勢が増す恐れは十二分に考えられます」

探察に出ていた大滝周助の復申に柘植弥市が、ちらりと泉太郎をみて、いった。

「柳生流十字手裏剣を使って、柳生を引きずり出したはわれら伊賀組。結果的には、泉太郎殿の敵討ちをむずかしくしたことになる。この責めは負わねばならぬな」

「済んだことだ。仕方あるまい。ただ……」

泉太郎がことばを切った。

「ただ……?」

「敵討ちはおれひとりでも果たす。今夜にでも、だ。時を無為に過ごす気はない」

「今夜……」

大きくうなずいて、弥市がつづけた。

「柳生はわれらが引き受ける。たとえ一派が相手といえども、柳生との血戦は伊賀者として望みつづけたこと。われらなりの決着をつける好機。今夜、斬り込もう。皆、異論はないな」

「伊賀の忍びの技、柳生の者どもに見せつけてくれようぞ」

「伊賀者としての誇りをもって死ねる。よき死に場所を得た」

「組頭についていきますぞ」

あちこちから声が上がった。

「決まった。残るは支度のみ」

弥市が泉太郎を見やった。

泉太郎が一同を見渡した。

「支度がととのい次第、間部民部正の屋敷へ押し入る」

眦《まなじり》を決して、きっぱりと言い放った。

入江町の時鐘が真夜九つ（午前零時）を告げている。

間部民部正の屋敷には灯りひとつなかった。静謐《せいひつ》が立ちこめている。

その裏門近くに、強盗頭巾に黒装束の者たちが闇の中から姿を現し、群れ集った。

「おかしい。誰の姿もない。昼間はたしかに張込みの者がいたのだ」

大滝周助が強盗頭巾の奥から目を光らせた。

「どこぞに潜んでいるのだ。柳生の者どもが、攻撃を仕掛けて来る前に事をすませる。よいことではないか」

柘植弥市がいった。

「張り込んでいる者たちは、必ず戦いを挑んでくる。備えておればいいだけのこと。押し入るぞ」

泉太郎が右手をかざして、振った。

半数が塀に手をつき、中腰となった。残りの黒装束がその背に乗り、塀屋根に飛び移る。屋根上に登った黒装束が中腰となっていた黒装束の手を握り、引き上げた。

すべての動きが淀《よど》みなくすすめられた。

黒装束の姿が塀の向こうに消えたとき、塀の途切れたあたりから、黒い影が浮き出て、ひとつの塊《かたまり》となった。地に伏せるようにして、身を潜めていたものとおもわれた。

「押し込んだ頃合いを見計らって屋敷に忍び込み、出てきたところを待ち伏せする。伊賀者たちと間部の家臣たちをまず戦わせる。さすれば多少は伊賀者の力も削がれるはず」

庄司喜左衛門が低いが、厳しい声音で告げた。さらに、ことばを継いだ。

「佐竹孫造、杉田甲子郎、赤井禄郎の弔い合戦ぞ。死力を尽くして戦え。柳生道場の真骨頂を伊賀者に知らしめるのだ」

村野信助らが血走った眼でうなずいた。


柳生の者十数人が、伊賀者と同じやり方で屋敷内に忍び込むのを、闇に紛れて見つめる者たちがいた。結城蔵人、大林多聞、安積新九郎、神尾十四郎に吉蔵の五人だった。

「吉蔵、長谷川様の私邸へ走り、木村たちに赤猫の捨蔵一味が押し入った、とつたえよ。まずは、われらだけで斬り込む」

「へい。死に物狂いで突っ走りまさあ」

尻を端折《はしょ》った吉蔵は、脱兎《だっと》の如く走り出した。

「忍び入るぞ」

蔵人は間部民部正の屋敷を見据えた。

そのとき……。

屋敷のあちこちから、突然、火の手が上がった。

「火をつけた」

十四郎が驚きの声を上げた。

いつもは引き上げるときに火をつける。それが、押し込むと同時に火をつけたのだ。蔵人は、一味が盗みより泉太郎の敵討ちを優先した、と推量した。

「行くぞ」

新九郎が塀に手をつき、中腰となった。その背に乗った蔵人が塀屋根に手をかけ、登った。多聞が、十四郎がつづいた。最後に塀屋根上の十四郎が新九郎の手をとり、引き上げた。

蔵人、多聞、十四郎、新九郎と間をおくことなく庭に飛び降りた。

さらに、屋敷のあちこちから炎が噴き上げた。伊賀者が手分けして火をつけているのはあきらかだった。

蔵人たちは木陰に身を潜め、目をこらした。

火炎から逃れて、屋敷から飛び出してきた寝衣姿の家来たちが、伊賀者たちが投じる柳生流十字手裏剣を浴びて転倒し、のたうった。

庄司喜左衛門ら柳生の家臣たちが動く気配はなかった。

まずは、伊賀者と間部家の家臣たちの戦いの決着がつくのを待つ策とおもえた。蔵人も、いまは動かぬ、と決めていた。

新九郎ら裏火盗の面々を、出来うる限り戦いの場から遠ざける。蔵人は、それも務めのひとつと心掛けていた。

伊賀者たちの動きには、わずかの無駄もなかった。屋内から飛び出してきた家来たちに柳生流十字手裏剣を投じる者。手裏剣の攻撃から逃れた者たちに、斬りかかり、命を奪う者。一糸乱れぬ攻撃ぶりは、戦国の世の伊賀忍者の戦いぶりもかくありなん、と蔵人たちにおもわせた。

「伊賀者たちと戦うには、散開して敵の攻撃を分散させ、ひとりずつ倒していくしかあるまい」

蔵人は低く告げた。

新九郎らが、視線を伊賀者と間部家家臣との死闘に据えたまま、うなずいた。

蔵人は泉太郎におもいを馳《は》せた。

伊賀者たちの戦いぶりからみて、泉太郎は間部民部正を求めて、一気に屋敷奥へ突っ込んでいるはずであった。

（仇も残りひとり。なんとしても見事本懐を遂げさせてやりたい……）

蔵人は、心底、そう願った。


蔵人の推測どおり、陸奥屋泉太郎は、間部民部正の寝間を求めて、屋敷奥へ駆け込んでいた。

四方八方から上がる火の手に屋敷内は混乱を極めていた。寝衣姿の腰元たちが逃げまどう。泉太郎は女たちには見向きもしなかった。が、斬りかかってくる武士たちは容赦なく斬り捨てた。

と、奥の間から数人の家来たちに守られた五十そこそこの武士が、小走りにやってきた。絹の寝衣を着ている。間部民部正とおもえた。

行く手を塞いで立った泉太郎が、強盗頭巾をかなぐり捨てて告げた。

「間部民部正か」

家来たちが刀を構えて、いった。

「殿、この場はわれらが。早く表へ」

ひとりの家来に付き添われて間部民部正が逃れようとした。

「陸奥屋七蔵の倅、泉太郎。父の仇、観念せい」

泉太郎が一気に斬り込んだ。左右に刀を返しながら走り抜けた。斬りかかった家臣が血飛沫をあげて襖に倒れかかり、そのまま崩れ落ちた。

泉太郎は逃げる間部民部正に追いすがり、迫った。

ことばにならないわめき声を上げながら、間部民部正は走った。家来が刀を振り回し、泉太郎に斬ってかかった。その肩口に泉太郎の袈裟懸けの一太刀が炸裂した。家来が断末魔の絶叫を発して、血まみれとなって倒れた。

「来るな。来るな。来るな」

間部民部正が泣き声に似た声で怒鳴った。泉太郎は八双に構え、間部民部正の頸《くび》の付け根めがけて袈裟懸けに胴田貫を叩きつけた。深々と胴田貫が食い込んだ。抜き取る。

胴田貫を追って、間部民部正の頸から血飛沫が噴きあがった。倒れた間部民部正の背中から心ノ臓へと胴田貫を突き立てる。間部民部正が激しく痙攣《けいれん》し、やがて、動きを止めた。

「お父っさん、仇を、仇を討ったぞ」

　泉太郎は、天に向かって叫んでいた。


　ぐるりでは、すでに、伊賀者たちと村野信助ら柳生道場の門弟たちとの死闘が繰り広げられていた。

　そのなかで、柘植弥市と庄司喜左衛門が睨み合っている。

「柳生道場師範代にして柳生家家臣・庄司喜左衛門、伊賀組組頭とみた。柳生流十字手裏剣をなぜ使った」

「伊賀組組頭・柘植弥市。柳生流十字手裏剣を凶盗、赤猫の捨蔵の押し込みの際に用いたのはわれらだ。柳生家に、あらぬ疑いをかけさせ、濡《ぬ》れ衣《ぎぬ》をきせるためにな」

「なぜだ」

「同じ武術をおさめた者でありながら、世渡りの巧拙《こうせつ》で、かたや将軍家剣術指南役。明智光秀が本能寺にて織田信長公を謀殺した折り、泉州、堺に遊山《ゆさん》されていた御神君・徳川家康公を獣道をつたって本拠地、駿河まで案内し、御命を救ったにもかかわらず、われら伊賀者は密偵、警固番など番方の役向きで遇され、微禄、小身の扱いを受け続けてきた。その、幕府の片手落ちの扱いに対する憤怒の念が柳生への確執を生んだ、と知れ」

「百八十余年も昔のことを、何を怨む。愚かな」

「愚かでもよい。この鬱憤《うつぷん》、ぶつける相手は柳生のみ」

「将軍家はよく人をみておられたのだ。同じ武術を極めながら、かたや将軍家指南役、かたや密偵、微禄の番方と遇されたわけは、そこにある」

「わからぬ。わかろうとも、おもわぬ」

「武術は技のみにあらず。武術を極めるは、こころを、道を究めること、とわれら柳生者は幼き頃より教え込まれてきた」

「たわけたことを。武術は、所詮《しよせん》、人を倒し、殺すための技よ。それ以上の何物でもない」

「剣はこころだ。こころ正しき者には、剣にも正しき魂が宿る。剣術は、ただ技のみではない。無用な殺戮など望まぬこころが、魂が、柳生の剣にはあるのだ」

「魂か。魂で、敵が倒せるか。見ろ」

柘植弥市がせせら笑った。

ちらり、と庄司喜左衛門が目線を走らせた。

村野信助の、内村洋平の、柳生の者たちの躰のあちこちに柳生流十字手裏剣が突き立っていた。工藤順作が両眼を柳生流十字手裏剣に射貫かれ、よろけるところを伊賀者が襲い、胴を切り裂いた。

庄司喜左衛門に一瞬の虚が生じた。

突然、耳に、飛翔してくる物の風切音が飛び込んできた。

我に返った庄司喜左衛門が見たものは、迫り来る柳生流十字手裏剣の群れだった。

必死に刀を振るった。

数本を叩き落とした。

が、相次いで飛来する柳生流十字手裏剣の数が、刀を返し、防ぐ庄司喜左衛門の剣技を上回った。

胸に、腕に、頬に、腹に柳生流十字手裏剣が突き立つ衝撃が、庄司喜左衛門を襲った。

「たわけ。こころでは、鍛え抜いた術には勝てぬわ」

よろけた庄司喜左衛門が、声を荒らげた。

「違う」

「負け犬の遠吠え、か。死ね」

柘植弥市が柳生流十字手裏剣を、さらに投じた。

「これが、柳生魂だ」

雄叫《おたけ》びを上げ、八双に構えた庄司喜左衛門が、躰の諸処へ突き立つ柳生流十字手裏剣を物ともせず、柘植弥市へ向かって走った。

「おのれ。死ね。死ね」

決死の形相で、柘植弥市は腰に巻いた帯状の袋から、柳生流十字手裏剣を取りだし、投げつづけた。

血まみれの鬼の形相で、庄司喜左衛門が迫る。

「まだ、来るか」

柘植弥市の手が袋へ伸びた。まさぐる。

「ない。柳生流十字手裏剣が、ない」

あわてて刀の柄へ手をのばした。

そのとき、庄司喜左衛門が突き出した大刀が柘植弥市の腹に突き刺さった。

まさに体当たりだった。

庄司喜左衛門が躰の重みを加えて、柘植弥市の胴に大刀を押しつけた。切っ先が背中から突き出る。

「これが、柳生、だま、し、い、だ」

渾身《こんしん》の力をこめて腹から胸へ向かって、えぐった。

柘植弥市が断末魔の呻きをもらし、激しく痙攣した。

「や、ぎゅう、だま、し、い、だ」

庄司喜左衛門が、力尽きた。

そのまま柘植弥市に覆いかぶさるように倒れこんだ。

「庄司さんが、庄司さんが、庄司さんがっ」

内村洋平が叫んだ。

「つづけ。庄司さんにつづけ」

大刀を八双に構えるや、柳生流十字手裏剣を投じる伊賀者へ向かって走った。

村野たちが、同じかたちでつづいた。

飛来する柳生流十字手裏剣を浴びながら、相次いで体当たりする。伊賀者の胴に刀を突き立てた。

柳生の者たちの攻撃に、あちこちで伊賀者が倒されていく。

まさしく、捨て身の剣法であった。

「待て。まだ早い」

木陰に潜み、柳生と伊賀者たちの死闘を見つめる蔵人が、飛び出そうとした十四郎を押さえた。すでに木村又次郎、真野晋作、柴田源之進も駆けつけ、控えている。吉蔵と仁七は塀際に身を隠し、退路を確保する役向きを担っていた。

「しかし、これでは柳生の衆が皆殺しに」

「柳生の者たちの、武士の一分をかけた戦い。無用な手出しは武士道に反するというもの。それと」

「それと?」

「柳生流十字手裏剣も、そろそろ尽きる頃」

新九郎が横合いから、いった。

「柳生流十字手裏剣の数が減りましたぞ。刀を抜く伊賀者が増えた」

蔵人が、はた、と見据えた。

「よし。斬り込め」

新九郎が大刀を抜きながら、先陣を切って飛び出した。十四郎が、晋作が、木村らがつづいた。

蔵人は、動かない。

蔵人は、待っていた。

「来る。きっと、この場に来る。仲間を見捨てて、ひとりだけ逃れる男ではない」

蔵人は、すでに火のまわった屋敷内を窺える、雨戸が蹴り倒されたあたりを見つめた。

紅蓮《ぐれん》の炎が蠢《うごめ》いていた。

その炎のなかに黒い影が浮かび上がった。陽炎《かげろう》のように揺れるその姿は、現世《うつしよ》のものとはおもえなかった。

外へ歩み出てくると、幻とも見えた像が次第にかたちを露わにし、泉太郎の姿と化した。

蔵人は悠然と立ち上がり、泉太郎に向かって歩みをすすめた。

泉太郎が蔵人に気づいて、足を止めた。

「待っていた」

蔵人が声をかけた。

鯉口を切り、胴田貫を抜きはなつ。

「頼みがある」

泉太郎は血潮を浴びた胴田貫を右手にさげたままだった。

「聞こう」

「市蔵と本物の郁蔵は他人の人別を買い取り、別の名で安穏に暮らしている」

「手配したのか、おぬしが」

「そうだ。頼みというのは、市蔵と本物の郁蔵をこのままそっとしておいてほしい、ということだ」

蔵人は黙している。

「頼みを、きいてもらえるか」

泉太郎がことばを重ねた。

蔵人が応じた。

「おれが追っているのは赤猫の捨蔵という、極悪非道の盗っ人だ。それ以外の何者でもない。陸奥屋泉太郎も、市蔵も、郁蔵も一切かかわりのない、見知らぬ者たちだ」

「そうか……」

わずかの間があった。

「……おれは、凶盗、赤猫の捨蔵として死ぬのか」

「そうだ」

「陸奥屋も、市蔵も、郁蔵も、赤猫の捨蔵とは無縁。そういうことだな」

蔵人は、無言でうなずいた。

泉太郎が、ふっ、と微笑んだ。

「よかろう。おれは、赤猫の捨蔵、だ」

「裏火盗、結城蔵人。凶悪を尽くした大盗っ人を処断する」

低く下段に、胴田貫を置いた。

鞍馬古流につたわる秘剣「花舞の太刀」の構えだった。

泉太郎は、八双に構えた。

半歩、また、半歩と、たがいに間合いを詰める。

蔵人は、

(勝負は、一太刀)

と決めていた。

手にしているのは、ひびの入った胴田貫である。打ち合えば、必ず胴田貫が折れる。折れた胴田貫で戦える相手ではなかった。

蔵人は、さらに半歩迫った。泉太郎も、迫る。

刹那――。

蔵人の胴田貫の切っ先が地に差し込まれた。逆袈裟に撥ね上げる。礫《つぶて》と化した土塊《つちくれ》が、泉太郎の顔面を襲った。泉太郎が八双から、さらに高く掲げた胴田貫を袈裟懸けに振り下ろした。

鉄をぶつけあう衝撃音が響いた。

蔵人の胴田貫が二つに折れ、刃の先端から真ん中あたりまでが、地に叩きつけられた。

が、蔵人は折れた胴田貫を手にしたまま、泉太郎に体当たりをくれていた。脇胴に胴田貫の刃を押しつける。肉を切り裂く鈍い感触がつたわった。深々と突き立つ。渾身の力をふりしぼっても、引き抜くことはできなかった。柄から指を離し、そのまま、前方に転がった。

「見事、だ」

泉太郎の苦しげな声が後方から聞こえた。

振り向く。

「もうひとつ、頼みがある」

「いえ」

「爾今、この、この胴田貫を、使ってくれ」

胴田貫を差し出した。

「この世の理不尽を糺したい、とおもい、振るってきた胴田貫、だ。頼む。受け取ってくれ」

蔵人の折れた胴田貫が、泉太郎の脇腹に食い込んでいた。背骨にまで達しているかにおもわれた。

「この胴田貫で、この世の理不尽を、糺しつづけて、くれ」

よろけた泉太郎は胴田貫を地に突き立て、支えとした。

「頼む」

柄から手を離した。

鞘を腰からはずし、胴田貫の傍らに放り投げた。

よろけた。

踏みこたえながら、いった。

「燃え尽きる間部民部正の屋敷が、おれの、棺《ひつぎ》がわり。陸奥屋の怨み、これで、晴れる」

ふらつく足を踏みしめながら、屋敷へ向かって、歩いていった。

蔵人は、突き立った胴田貫に歩み寄った。柄を摑み、引き抜く。

新九郎の声があがった。

「御頭。伊賀者、ほぼ討ち取りましたぞ。柳生の衆は、全滅。死力をふりしぼった、見事な死に様でござった」

その声が聞こえたかどうか。蔵人は、凝然と泉太郎の一挙一動に視線を注いでいた。

倒れた雨戸のつくり出した洞穴から吹き出した炎が、舌なめずりして泉太郎を待ち受けている。

泉太郎は、ふらつく躰で屋敷内へ足を踏み入れていった。

その動きには、何の躊躇《ためらい》もなかった。

炎が、衣がわりに泉太郎を包み込んだ。

「陸奥屋、泉太郎……」

蔵人は、おもわず呼びかけていた。躰の奥から熱い物が湧き上がり、蔵人の眼を潤ませた。

泉太郎が消えたあたりに火柱が高々と立ち上り、屋敷が轟音とともに焼け崩れた。

蔵人は跪《ひざまず》き、泉太郎を呑み込んだところを片手で拝んだ。

左手で鞘を拾う。

「胴田貫、喜んで、使わせていただく」

蔵人は右手に持った胴田貫をかざして、凝っと見据えた。

胴田貫が、紅蓮の炎を浴びて深紅に染まっていた。それは、こびりついた返り血と相まって、血飛沫を重ね塗りして、さらに散らした、毒々しい暗紅色にもみえた。


焼け崩れ、廃墟と化した間部民部正の屋敷跡に、平蔵と蔵人は立っている。

昨夜の火事騒ぎはすっかりおさまって、ぐるりに人影はなかった。

「そうか。陸奥屋泉太郎の胴田貫を譲り受け、使うか」

蔵人が応じた。

「この世の、理不尽を糺しつづける。理不尽を為す悪を処断しつづける。ただそれだけを任務とする身には、ふさわしい刀か、と」

「見せい」

平蔵が、手を出した。

「は」

蔵人が胴田貫を抜き、差し出した。

平蔵が、手にした胴田貫を高く掲げた。

「理不尽を糺すおもいを、引き継ぐか……」

蔵人に視線を移した。

「丁重に扱え」

胴田貫を渡した。

「理不尽を糺すに、ふさわしき剣」

蔵人は、胴田貫をかざすや、大きく振って、鞘におさめた。

夕陽が茜に染め上げた空に、鍔音《つばおと》が、高々と響き渡った。

【参考文献】

『江戸生活事典』三田村鳶魚著　稲垣史生編　青蛙房
『時代風俗考証事典』林美一著　河出書房新社
『江戸町方の制度』石井良助編集　新人物往来社
『図録　近世武士生活史入門事典』武士生活研究会編　柏書房
『日本街道総覧』宇野脩平編集　新人物往来社
『図録　都市生活史事典』原田伴彦・芳賀登・森谷尅久・熊倉功夫編　柏書房
『復元　江戸生活図鑑』笹間良彦著　柏書房
『絵で見る時代考証百科』名和弓雄著　新人物往来社
『時代考証事典』稲垣史生著　新人物往来社
『長谷川平蔵　その生涯と人足寄場』瀧川政次郎著　中公文庫
『鬼平と出世　旗本たちの昇進競争』山本博文著　講談社現代新書
『考証　江戸事典』南條範夫・村雨退二郎編　新人物往来社
『江戸老舗地図』江戸文化研究会編　主婦と生活社
『新編　江戸名所図会　～上・中・下～』鈴木棠三・朝倉治彦校註　角川書店
『武芸流派大事典』綿谷雪・山田忠史編　東京コピイ出版部
『名刀伝』牧秀彦著　新紀元社

『名刀　その由来と伝説』牧秀彦著　光文社新書
『剣豪　その流派と名刀』牧秀彦著　光文社新書
『図解「武器」の日本史』戸部民夫著　ベスト新書
『江戸・町づくし稿～上・中・下・別巻～』岸井良衞著　青蛙房
『天明五年　天明江戸図』人文社
『嘉永・慶應　江戸切繪圖』人文社

コスミック・時代文庫

裏《うら》火《か》盗《とう》裁《さば》き帳《ちよう》

七

2024年4月25日　初版発行

【著者】
吉《よし》田《だ》雄亮《ゆうすけ》

【発行者】
佐藤広野

【発行】
株式会社コスミック出版
〒154-0002 東京都世田谷区下馬 6-15-4
代表　TEL.03(5432)7081
営業　TEL.03(5432)7084
FAX.03(5432)7088
編集　TEL.03(5432)7086
FAX.03(5432)7090

【ホームページ】
https://www.cosmicpub.com/

【振替口座】
00110-8-611382

【印刷／製本】
中央精版印刷株式会社

乱丁・落丁本は、小社へ直接お送り下さい。郵送料小社負担にて
お取り替え致します。定価はカバーに表示してあります。

ISBN978-4-7747-6549-5 C0193

COSMIC時代文庫

吉岡道夫　ぶらり平蔵〈決定版〉刊行中！

①剣客参上
②魔刃疾る
③女敵討ち
④人斬り地獄
⑤椿の女
⑥百鬼夜行
⑦御定法破り
⑧風花ノ剣
⑨伊皿子坂ノ血闘
⑩宿命剣
⑪心機奔る
⑫奪還
⑬霞ノ太刀
⑭上意討ち
⑮鬼牡丹散る
⑯蛍火
⑰刺客請負人
⑱雲霧成敗
⑲吉宗暗殺
⑳女衒狩り

隔月順次刊行中